張曼娟
·成語學堂II·

# 星星壞掉了

張曼娟——策劃
孫梓評——撰寫
劉旭恭——繪圖

# 十年一瞬間——學堂系列新版總序

張曼娟

常常在演講的時候，遇見一些年輕的讀者，他們從容自在的聆聽，意會的頷首，耐心等待著我為他們的書簽名，而後，像是要傾訴一個祕密那樣的靠近我，微笑著對我說：「曼娟老師，我是讀著【○○學堂】長大的。」【奇幻學堂】、【成語學堂】或是【唐詩學堂】就這樣被說出來，說的時候，帶著對於童年與成長的溫柔依戀。

啊！這一批孩子們已經長大了啊，他們看起來，都是很好的成年人了。也許不是念文學相關科系的，可是，他們一直保持著對於文字的敏感度，對於人情世故的理解。

「老師什麼時候要為我們這些小孩子寫書呢？」到現在，我依然能聽見最

初提出這個請求的那個女孩，對我說話的聲音。

而我確實是呼應了她的願望，開始創作並企劃一個又一個學堂系列。以【奇幻學堂】為起點，我和幾位優秀的創作者：張維中、孫梓評、高培耘與黃羿瓅反覆的開會討論著，除了將古代經典的寶庫傳承給孩子，更想與他們一同走在成長的路上，不管是喜悅或失落；不管是相聚與離別，都是生命的課題，都那麼貴重，應該要被了解著、陪伴著，成為孩子心靈中恆常的暖色調。

這樣的發想和作品，獲得了許多家長、老師的認同，更令我們感到欣喜莫名的是，孩子們的真心喜愛。於是，接著而來的【成語學堂Ⅰ】、【成語學堂Ⅱ】和【唐詩學堂】也都獲得了熱烈回響。

十年之後，那個最初提議的女孩，化成許多個大孩子與小孩子，來到我的面前，與我微笑相認。讓我們知道，當初不只是古典新詮，更是探討孩子成長中各種情境的系列作品，有著這樣深刻的意義。

也是在演講的時候，常有家長詢問：「我的孩子考數學，演算題全對，但是一到應用題就完蛋了，他根本看不懂題目呀。到底該怎麼辦？」這是發生在許多成績優秀的孩子身上的悲劇。

「中文力」不僅能提升國語文程度，而是提升一切學科的基礎，這已經是陳腔濫調了。中文力，不僅是閱讀力，還有理解力與表達力。能不能看懂考題，在考試時拿高分，固然重要。然而，更大的隱憂卻是，應付考試，得到高分的歲月，只占了短短幾年，孩子們未來長長的人生，假若沒有足夠的理解與表達能力，他們將如何面對社會激烈的競爭？如何與他人建立良好的人際關係？這樣的擔憂與期望，才是我們十年來投入許多心血與時間，為孩子創作的初衷。

我們感知到孩子無邊無際的想像力，在成長中不斷消失，於是創作了【奇幻學堂】；察覺到孩子對成語的無感，只是機械式的運用，於是創作了【成語學堂】；發現到孩子對於美感和情感的領受，變得浮誇而淺薄，於是

創作了【唐詩學堂】。

十年，彷彿只在一瞬之間，許多孩子長大了，許多孩子正在成長，我們仍在創作的路上，以珍愛的心情，成為孩子最知心的陪伴。

目次

序

# 創作緣起

# 遙指夢裡村

張曼娟

《美女與野獸》的故事，並不是我聽來的，也不是讀來的，而是一張圖一張圖拼起來的。那年我約莫七、八歲，剛從午覺中醒來，卻還沒獲得起床許可的時光裡，常常，我和弟弟躺在父母親的大床上，翻閱著母親從教會領回來的、國外捐贈的書籍雜誌，打發時間。

有一本彩圖鮮亮飽滿的圖文書，上面的文字既不是中文，也不是英文（可能是德文或法文），其中的彩圖完全魅惑住我。一個父親與三個女兒，住在一幢簡陋的房子裡，父親背著包袱要出門了，他和三個女兒話別，最小的女兒親吻了他。接著便是回程時，父親遇見的風雨交加；一座陰森而華麗的古堡；滿桌豐盛的食物；花園裡開滿各種顏色的玫瑰花；父親伸手採下一朵鮮豔的玫瑰，剎時，天黑了，閃電打雷，一個可怕的怪獸出現，玫瑰驚恐的墜落在地上。

啊！我和弟弟一齊叫出聲，鑽進被子裡，又笑又叫。

故事書是國外捐贈來的，故事是自己拼出來的，但，那種樂趣是無可取代的。我們有自己的版本，關於野獸大變身的故事，或是偷取玫瑰的愛情故事，在半夢半醒之間，沒有電玩也沒有電視的歲月裡，一本無法閱讀的故事書，給了我們一座如夢似幻的村莊，成為我們最瘋狂的遊樂場。

如果真的有一個叫做「夢裡村」的地方，會讓我們的夢想實現嗎？會牽引著不可能的相逢嗎？會看見通往未來的階梯嗎？夢裡村的居民，應該就是一個又一個既年輕又古老的故事吧。

繼【張曼娟奇幻學堂】與【張曼娟成語學堂Ⅰ】之後，我們再度敲開了夢裡村的大門，仍然是很會說故事的四位創作好手，將成語典故與嶄新的故事結合，推出了【張曼娟成語學堂Ⅱ】。

高培耘在第一本成語故事中寫的是《尋獸記》，這次，她可真的要帶我們去尋獸了呢，一個叫小光的小男孩，遺失了他最好的朋友，一隻叫做「嘟嘟」的白狗。他想盡一切辦法要把狗狗找回來，卻一再落空。在這個世界上，很多東西失去了，是不是就永遠找不回來了？像是他的胖嘟嘟；像是他最愛的外婆的記憶力，彷彿都找不回來了。但，總有一些什麼，是永遠不會失去的吧？在培耘的《胖嘟嘟》裡，這是小光的功課，也是我們的追尋。

張維中在第一本成語故事中寫的是《野蠻遊戲》，十分驚險刺激，這本新書《完美特務》，又是怎樣的一場特別任務呢？三個性格不同的好朋友，成天抱怨著「無聊啊，真無聊！」現實生活中必須做自己不想做的事，不是補習，就是學才藝，如果可以生活在電動玩具的世界裡，應該再也不會無聊了吧？他們的夢想成真了，嚴苛的考驗接踵而來，原來，電玩的世界比真實世界更加冷酷無情，必須要同心協力，才能闖關成功。而他們的最終目的只有一個，重返再也「不無聊」的真實世界。

黃羿瓅在第一本成語故事中寫的是《我是光芒！》，描述校園中可能產生的各種社交與人際關係，這一次則是一個跨海尋親的故事。生長在美國、叫做山米的少年，帶著他的身世之謎，來到臺灣，與一群並無血緣關係的人生活在一起，而他們似乎是他尋親的唯一線索。連那隻叫做浪花的小狗，也成了山米的

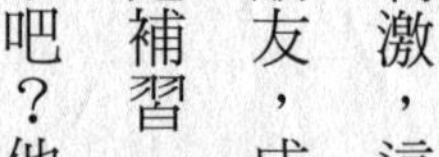

好哥兒們。《山米和浪花的夏天》，一個不長不短的夏天，河與海交界的淡水小鎮，聆聽著潮汐的聲音，山米能找到他的生身父母嗎？或者他還能得到更多更多，超乎想像？

孫梓評在第一本成語故事中寫的是《爺爺泡的茶》，一曲溫馨又感傷的離別賦。告別，也是這本新書《星星壞掉了》的重要主題，卻是很難面對的事。國中生小傑有溫暖的家庭，有和諧的校園生活，還有繪畫的天賦，只是沒人發覺他內心的那個傷口，多年前的某個夜晚，滿天星星都壞掉了，一點也不會發光。那場大地震，幼年的小傑無法與爸爸告別，什麼也不能挽回。當媽媽準備再婚時，那如琉璃易脆，又如海洋深邃的少年的心靈坍塌了，他必須啟程，一場命定的告別之旅。

依然是讀著故事學成語，而我們還想跟孩子分享更多，怎麼與寵物建立獨特的情感，還要學會分離？如何體貼老人家的心情，當他們的記憶一點一點失去？所謂的完美其實並不存在，不管在真實或虛擬的世界中，如果不能互助合作，怎麼能夠挑戰未來？成長不一定得失去對人的熱情與付出，當你主動伸出

臂膀，不就有機會擁抱世界？每個人的心中都有傷口，有的人選擇流淚，有的人卻選擇微笑，你會怎麼選擇呢？

四位創作者都真誠的寫出了他們珍愛的故事，而我只是個牧童似的指路人，想要溫暖的安慰；想要成長的啟示；想要落淚的感動；想要歡笑的趣味——借問故事何處有？牧童遙指夢裡村。

謹序於二〇〇九年白露之前　臺北城

# 人物介紹

## 陳郁傑

小傑。一個剛升國二的男孩。口頭禪是「還好」。心地善良、擅長繪畫，眼神澄澈得像是要把誰看穿一樣。自從父親在九二一地震中過世之後，他一直和媽媽依靠著彼此生活。在看似無憂的外表下，其實他一直記憶著地震的那一夜，像一個黑洞，令他跌落……

## 陳羽程

小傑的父親。備受矚目的藝術家。在九二一地震中喪生。

## 石文菊

小傑的母親。一個國小老師。九二一地震後，她背負喪偶的傷痛，帶小傑到臺北展開新生活。細膩溫柔的她，守護著小傑長大，直到遇見了計程車司機王十勤，忽然發現，其實她也應該追求屬於「自己的生活」……

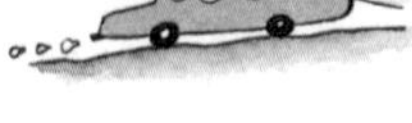

## 阿嬤

陳羽程的母親，和大伯一起住在埔里。阿嬤能燒一手好菜，是小傑味覺記憶的鄉愁，阿嬤的溫暖、體貼，也帶給小傑支持的力量。

## 王十勤

「不太尋常」的計程車司機。面對各種突發狀況，總是好脾氣的說「沒問題」。他每天接送石文菊上下班，日久生情，悄悄介入了小傑和母親原本平靜的生活。

## 何冀聖

小傑的好朋友，喜歡鼓勵別人往好處想，愛好和平，常說著類似格言的話，被大家稱為「聖人」。

## 趙其軍

小傑班上的調皮大王，熱愛各種電影，還熟背電影對白——因為他家開了一間影碟出租店。小傑、阿軍、聖人，是班上的鐵三角組合。

## 柯於靈

和小傑同班的女生。慧黠大方，和小傑因生物課分組作業而交換了MSN，兩人之間有一種曖昧的情愫。

## 林國士

轉學生，有「妥瑞氏症」，因此不時會做出鬼臉或發出狗叫聲。和阿軍一樣熱愛電影，兩人常喜歡用電影對白交談。

# 第一章

# 人生的轉捩點

# 不脛而走

## 當整個地球都停電了。

停電了。

電腦螢幕突然一片黑。

iTunes 裡唱得很大聲的「五月天」瞬間切歌。

冷氣停止運轉；窗外的路燈全部暗掉。

幾聲狗吠從巷子裡竄出來。

身處黑暗中的小傑，一開始有些緊張。隱隱約約，似乎有一片不愉快的記憶悄悄襲來，像陌生人的手，掐住他的脖子。他試著摸著書桌，憑直覺將椅子稍微退後一些，慢慢起身、移動，等腳踢到床板，便整個人趴到了床上，打算摸出枕頭下那支小手電筒。

正要將手電筒取出來時，有人打開了身後的門。

「小傑？你還好嗎？」是媽媽的聲音。

比聲音還早一步，一道光線射向他所處的黑暗。

「還好……」他聽起來似乎有些害怕，但很努力維持著「一般般」的口氣，隨即又問：「你也還沒睡喔？」

在國小擔任老師的媽媽，總是早睡早起，也總是要求小傑別太晚睡。她走進房間，拉了椅子坐下，「今天有點失眠，正在看書，沒想到就停電了。」

「媽，你覺得……是不是又要大地震了？」小傑也打開了小手電筒，兩道光線在房間內交錯，窗子外頭又竄出了兩聲狗吠。

媽媽笑著摸了摸他的頭，說：「只不過是一般的停電罷了。大概是附近在挖路，把管線挖壞了吧。」

「我們班有很多人謠傳，今年會再發生一次大地震，跟九二一一樣慘。」

九二一。彷彿一個充滿禁忌的數字，在這個父親缺席的家庭裡。

小傑沒有忘記，是九二一讓他失去了父親。爸爸原本是個前途看好的藝術

家，擅長混合媒材，甚至曾到東京和德國參展過，卻在那場地震裡喪生了。

媽媽的手，似乎僵了一下，隨即又淡淡的說：「謠言總是不脛而走吧。」

「不敬而走？」小傑不懂。

「春秋時代，有個船夫對著感慨找不到人才的晉平公說，海裡的珍珠、山裡的美玉，它們都沒有腳，您還是有辦法擁有它們，就是因為您喜愛它們啊。這就是所謂的『無足而至』。」

「說的也是，我的電腦、iPod、遊戲機，全都沒有腳，我卻都擁有了它們。」

「後來的人，就從『無足而至』衍生，把沒有腳也能移動的狀況，叫做『不脛而走』，脛，是小腿的意思。用來比喻很多事物不用推廣，也能迅速傳播開來。」

「就像那些謠言和壞消息？」

「對，」媽媽說：「因為人心藏著各式各樣的恐懼，只要有人搧風點火，說了些聳動的事，就會點燃我們對恐懼事物的好奇。但是一直藏在心裡又太沉重了，於是忍不住要轉述給別人聽，換取別人驚訝或同樣恐懼的反應。這些事情就這樣一傳十、十傳百了。」

「難怪謠言不用長腳也可以跑很遠。」小傑似懂非懂的下了結論。黑暗中，分辨不出遠遠近近的人家是睡了，還是像他們一樣，醒著，卻被困著。想起了什麼似的，小傑又問：「你覺得把鼻現在在做什麼？」

從小，他就喚父親「把鼻」。偶爾想起，也總是忍不住這樣問，好像確認了「把鼻」的現況，就覺得安心些。

「把鼻啊……」媽媽的眼睛望著對面牆上一幅爸爸生前為小傑所畫的素描，是從地震中搶救出來的，沾著一些土石的汙漬，但媽媽堅持保留原狀，像是保留一份珍貴的記憶。「他那邊大概也停電了。可能正擱下畫筆，一邊生悶氣，一邊在院子裡抽菸吧。」

小傑的腦海中，不禁浮現了許多煙。那些煙，也都沒有腳，卻圍住了把鼻愈來愈模糊的臉，小傑有時忍不住擔心，自己是不是快要忘記把鼻的模樣了。

媽媽關掉手電筒的燈，坐在床緣，陪伴著他。

小傑一隻耳朵戴著耳機，聽著歌，屈著身子，漸漸在黑暗中睡著了。

一整夜，電力都沒有恢復。

# 不脛而走

**【成語小宇宙】**《韓詩外傳．卷六》

晉平公游於河而樂，曰：「安得賢士，與之樂此也！」船人盍胥跪而對曰：「主君亦不好士耳！夫珠出於江海，玉出於崑山，無足而至者，猶主君之好也。士有足而不至者，蓋主君無好士之意耳，無患乎無士也。」

**【星子的密語】**比喻事物不用推廣，也能迅速傳播。

**【發光相似詞】**無脛而至、無脛而行、不脛而馳、無脛而走

**【黯淡唱反調】**祕而不宣

# 飲鴆止渴

## 絕不會有人只因為口渴，就喝下毒酒解渴……

也許是前一夜沒睡好，一整天小傑都有點昏沉。

早上第四堂課，英文老師吉米在黑板上抄寫著單字，小傑一邊玩著自動鉛筆，一邊觀察班上同學。

坐在他右前方、兩點鐘方向的是聖人。其實他本名叫做何冀聖。樣子乾乾淨淨、瘦瘦高高的，功課也好得不得了。最厲害的是，他總是喜歡鼓勵別人往好處想，愛好和平，因此被大家稱為「聖人」。

聖人經常創造「抱怨不會幫你完成工作」或是「浪費只不過是透支未來」之類的名言，天曉得他的腦袋怎麼會跑出這些看透人生的想法，最重要的是，由他的嘴巴說出來，就超有說服力的。

坐在小傑左前方、十點鐘方向的是趙其軍。阿軍是班上的調皮王，但是一直跟小傑很要好，小傑常覺得他跟聖人同樣有著「安撫人心」的魔力，只不過阿軍是用搞笑來呈現。似乎在他身上沒什麼大不了的事，天塌下來，也會有別人頂著。話雖如此，阿軍可是超有未雨綢繆的概念——他每天都帶雨傘上學。據說，他小學六年級時，曾經看過一部電影，電影裡有個神祕女郎，總是穿著一件可以當成雨衣使用的風衣，還說：「你永遠都不會知道，什麼時候會下雨……」

每當阿軍拿出雨傘時，就會模仿一次她的語氣。大家聽完之後，都會很想揍他。

小傑、阿軍、聖人，是班上奇妙的鐵三角。

接著，小傑的視線，又飄到了正前方。坐在他前面的，是柯於靈。她留著長長的頭髮，不管多熱的天氣，身上永遠都香香的。大家喜歡找她玩，她笑起來眼睛瞇成一條線，可愛極了。有一次生物課分組，小傑分到跟她同一組，心裡緊張得不得了，柯於靈卻落落大方，跟他一起把作業完成。也是那一次，他跟柯於靈交換了彼此的MSN❶帳號。

小傑望著吉米仍然賣力抄著單字的背影，覺得好無聊。忍不住想像住在巴黎、跟他一樣年紀的學生正在做什麼？東京的學生呢？馬達加斯加的學生呢？布宜諾斯．艾利斯（阿根廷首都）的學生呢？腦海中逐漸浮現出一個地球，地球的表面擺滿了課桌椅，每張椅子上都坐著一個學生，每一個學生都在抄寫單字，然後他的眼皮就愈來愈重、愈來愈重……

吉米終於抄完單字，眼看也要下課了。

「昨天的作業，從最後一個往前傳過來。」

同學們開始機械般的動作著。

在傳遞作業簿的波浪之中，卻有一行，停了下來。

吉米忍不住把視線投注到使動線中斷的包志成身上。

「包志成，你怎麼停住不動？」

「我……沒寫。」

---

❶當時流行的電腦通訊軟體，如現在的 Line。

「為什麼沒寫？」吉米冷酷不帶表情的聲音，還真像閻羅王。

「我想說，先玩一下 Wii 再寫，但一想到作業那麼多，就忍不住告訴自己，再玩一下好了。結果，當我終於想要寫的時候，已經三更半夜了。我忍不住就……睡著了。」

「想要藉著玩 Wii 來逃避英文作業所帶來的壓力，」吉米的眼神中閃過一抹殺氣：「這就是傳說中的飲鴆止渴吧！」

「什麼是飲震止渴？」包子看起來很茫然，「我都喝可樂止渴……」

「鴆是一種鳥，古時候的人用鴆鳥的羽毛浸製成毒酒。東漢時，有個人叫宋光，考試、當官都很順利，一路當到了地方首長，沒想到有一天卻被誣賴擅自更改皇帝的詔書；於是，他的外甥寫文章為他申辯，表示像宋光這樣的人，即使對皇帝的詔書有疑慮，也一定會用比較穩當的方式來解決，就像，絕不會有人只因為口渴，就喝下毒酒解渴……」吉米緊盯著包子說，「萬萬沒想到，我眼前就有一個飲鴆止渴的人。」

包子的背影看起來有些顫抖。

「昨天的作業，加上今天的作業，寫十遍，明天交。」下課鐘響，吉米丟下了這樣的指令。

## 飲鴆止渴

**【成語小宇宙】**

南朝宋．范曄《後漢書．卷四十八．楊李翟應霍爰徐列傳．霍諝傳》

霍諝字叔智，魏郡鄴人也。少為諸生明經。有人誣諝舅宋光於大將軍梁商者，以為妄刊章文，坐繫洛陽詔獄，掠考困極。諝時年十五，奏記於商曰：「……光衣冠子孫，徑路平易，位極州郡，日望徵辟，亦無瑕穢纖介之累，無故刊定詔書，欲以何名？就有所疑，當求其便安，豈有觸冒死禍，以解細微？譬猶療飢於附子，止渴於酖毒，未入腸胃，已絕咽喉，豈可為哉！」

【星子的密語】比喻只求解決眼前困難，而不顧將來更大的禍患。

【發光相似詞】挖肉補瘡、酣鴆止渴

# 心猿意馬

## 我只是又想吃雞腿、又想吃布丁而已。

還沒到放學時間，阿軍就神祕兮兮丟紙條給小傑，要他也跟聖人說一聲：

「老地方見！」

通常會約「老地方」見，不是有好事，就是有壞事，總之一定有事要宣布，但又不方便在同學眾多的時候說，怕引起耳語，或是有閒雜人等七嘴八舌。

「老地方」是他們精心挑選的一間速食店，距離三人的家都算近，離學校又有一小段距離，不太會遇見同學。最重要的是，東西美味又超值。

好不容易等到放學，他們各自騎著單車，拐了個彎，來到了「老地方」。

三個人擠在點餐櫃臺前，滿腦子想著要點的餐。

「我要二號餐……不，我要三號餐，」話已說出口，阿軍的眼睛卻還來回看

著看板上套餐的組合內容，最後：「呃，我還是點五號餐好了。」

櫃臺幫忙點餐的小姐，本來臉上帶著工整的微笑，不覺間，那笑意已悄悄透出一些怒氣。

「不好意思，」阿軍竟然又改變了主意：「我突然想要改七號餐耶。」

站在他身後的小傑忍不住敲了他的頭，「吼，你連點個餐都心猿意馬！」

「什麼啦？」阿軍摸了摸頭，顯然沒聽懂剛剛那句話。

連聖人也受不了，在一旁幫腔：「就說你光是點餐都反反覆覆，一顆心像猿猴一樣跳來跳去、想法則像快馬四處奔馳，我看你大概是孫悟空來投胎的吧。」

「想不到連你也加入戰局！」阿軍委屈的摸了摸頭。

「那當然，」聖人和小傑火速點好餐之後，聖人淡淡的說：「心猿意馬的人，要麼貪心有餘，要麼自信不足。」

「扯那麼遠……」阿軍一臉冤枉，「我只是又想吃雞腿、又想吃布丁而已。」

等食物都送上了，豐盛的排滿了整桌。

小傑拆開一包番茄醬，擠在一個倒扣的杯蓋內面，「好了，你可以說說到底

要幹麼了。」

「那個……炸雞腿真好吃。」阿軍忙不迭的吃了起來，還不忘把雞腿湊到小傑面前，「你自己吃吃看，真的太、好、吃、了！」

小傑露出無奈的表情，「謝了，我也是點七號餐啦。」

聖人看著阿軍的表情，忍不住笑了出來，「簡直像是猴子吃到了香蕉一樣。」

「你們一直笑我，我怎麼好意思說啦。」阿軍很快便解決了雞腿，開始吃起萵苣牛肉漢堡。

「到底要說什麼啦？」小傑拿薯條沾著玉米濃湯吃。

「八成是要我們幫你寫作文吧？」聖人看著阿軍。

「不是啦，是……」阿軍吞吞吐吐，眼球轉啊轉的，「是……你們可以幫我要到柯於靈的 MSN 嗎？」

聖人和小傑都同時「噗」了一聲。前者覺得爆笑，後者則是驚訝。

「為什麼？」聖人臉上露出了好奇的表情，「你喜歡她？」

「對啊，你喜歡她嗎？」小傑有點緊張，他還沒有告訴他們，他已經跟柯於

靈交換過MSN了。

「只是對她有一點點好奇而已啦。」阿軍開始咬著吸管喝可樂，「況且我的MSN上面，除了我姊，沒有任何一個女生！我一定要打破這個『薑』局！除了薑之外，也要加點蔥花啊，再加點蒜頭啊什麼的……」

有時候小傑和聖人真的弄不清楚，阿軍到底在說冷笑話，還是國文程度太差？

「你的目標真的很遠大。」聖人笑著說：「不如我把我媽的MSN帳號也給你，你就可以達成你的業績了。」

小傑也笑了出來。其實，他的MSN上，也只有柯於靈一個女生。

「要不要幫我啦？」阿軍拉著聖人的袖子，「你的形象良好，你去幫我要，勝算很大！」

「我幫你要，結果她最後發現其實是你要的，我豈不是變成說謊的人？」聖人立刻拒絕了，「謊言往往是災難的開始。」

「小傑，你坐在她後面，比較有機會跟她說話，你幫我要一下好不好？」阿

軍轉移目標。

「還好吧。沒有女生的MSN也不會怎樣啊。」小傑說。

「還是，你們覺得柯於靈的太難要到，要不要試試吳美琪？」阿軍眼睛突然一亮。

「你還敢說你沒有心猿意馬！」這一次，換聖人忍不住敲了他的頭。

## 心猿意馬

### 【成語小宇宙】

《參同契．卷上．中篇》漢．徐景休箋注

守禦固密者，如龍養珠，心不忘；如雞抱卵，氣不絕也。……真積力久，太和充溢，動靜休息，常須謹守。守則昌，失則亡，不可須臾離也，所謂行住坐臥，不離這個。行則措足於坦途，住則凝神於太虛，坐則勻鼻端之息，臥則抱臍下之珠。久而調習，無有間斷，方是端的工夫。否

則心猿不定，意馬四馳，神氣散亂于外，欲望結丹，不亦難乎！

【星子的密語】心思如猿猴不定的跳躍、快馬四處的奔馳而難以控制。比喻心思不專注集中。後亦用於比喻心意反覆不定。

【發光相似詞】三心二意、反覆不定、見異思遷

【黯淡唱反調】之死靡它、全心全意、全神貫注、專心致志、聚精會神

# 口蜜腹劍

嘴巴說得甜蜜蜜，心中卻藏著一把傷人的劍。

自從知道阿軍想要柯於靈的ＭＳＮ，小傑突然有點左右為難。畢竟是自己的好朋友，其實他大可以大方的跟阿軍說：「算你賺到，我剛好有！」然後就把柯於靈的帳號給他。或者，他也可以很瀟灑的說，「我來幫你問她吧。」然後找一天，趁柯於靈上線，就幫忙轉達阿軍的心意。

不過，也許是因為之前就瞞著他們，沒有公開他和她交換過ＭＳＮ的事，現在突然說出口，心裡總覺得有些彆扭，就像有道隱形的牆，卡住了，過不去。另一個沒有說出口的原因，連小傑自己都不太清楚——似乎，他也不是那麼希望和別人分享這個祕密……

總有一些事，是誰也不想分享的吧。

抱著有些煩躁的心情，吃完了媽媽準備的水果，小傑回到房間，望著電腦螢幕，發現柯於靈上線了。她的暱稱是「魚零」。

小傑決定從離線改為上線，還敲了她。

「嗨，你還沒睡喔？」

想不到柯於靈很快就回應：「我剛在幫我妹寫作業。」附上一個苦笑。

「我在聽五月天。」小傑也馬上報告近況。

「你都很晚睡嗎？」柯於靈邊問，邊丟了個表情符號，是隻愛睏的熊。

「不會。偶爾才很晚。你呢？」

「我儘量不要太晚睡。」這一次的表情符號，是一隻在沙發上呼呼大睡的兔子。小傑看著，笑了出來。

其實，加了柯於靈的MSN後，兩人並沒有長聊過，似乎也沒有適當的機會，又或者，就純粹只因為自己害羞吧？望著視窗上那隻兔子，小傑還想多聊一些，深怕話題就此中斷了。

「你也愛聽五月天嗎？」

「我比較少聽流行音樂耶。」柯於靈說：「可能是因為從小學鋼琴，我媽就買了一大堆巴哈、莫札特、巴爾扎克……」

「好厲害喔！」小傑由衷的說。簡直像是住在另一個世界的人。

「別太稱讚我喔。」柯於靈竟丟出一隻小熊在嘆氣的表情，「我最怕口蜜腹劍的人了……當然，不是指你啦！」

小傑一時意會不過來，只好回丟一個害羞的表情，並問：「那是什麼意思？」

「呵呵，這是我看成語故事看到的啦。聽說以前唐朝有個人叫李林甫，他很有才華，但是做人不太正派，喜歡巴結皇帝身邊的人。表面上他對誰都很好，說許多動聽的話，私底下卻一直扯別人後腿。於是，大家就說他『口有蜜、腹有劍』，意思就是說他嘴巴說得甜蜜蜜，心中卻藏著一把傷人的劍……」

「我懂了。」小傑說：「這種人真的很可怕！」

「對啊，我以前就遇過這樣的人喔。我有個朋友，平常跟我很好，魚怎樣魚怎樣的，請我吃餅乾，找我去逛街，還讓我去她家玩。我一直都把她當好朋友，後來有一次我在書店遇到她，她神情有點慌張，我開心的跟她打招呼，結果她手上有一疊剛影印好的紙掉出來，上面居然寫著有關我的壞話，說我是小偷，會偷別人抽屜裡的書……」

「你一定大傻眼吧！」就連小傑這麼喜歡說「還好」的人，也在電腦螢幕前，瞪大了眼，連丟五個驚嘆號。

「所以，口蜜腹劍的人是最可怕的。」柯於靈下了個結論。

「後來呢？你們還有繼續當朋友嗎？」

「後來，我反省了一下自己，是不是做過什麼事，讓她不高興？」柯於靈打字速度挺快的，「我才發現，原來她一直很介意我考試分數比她高，她覺得她那麼努力，我看起來散散的，成績怎麼會比她好？」

「真的是太小器了……」小傑忍不住說。

柯於靈傳來了一個表情符號，是「奇異果咧齒微笑」，大概表示她看開了吧，「我沒想到好朋友之間，也會那麼介意彼此的名次，但是她的媽媽似乎很在乎，所以，她也就斤斤計較起那些分數的差距了……最後，她尷尬的離開了書店，後來都沒再理我了。即使我向她打招呼，她也裝作沒看見，從我旁邊走了

過去。」

「……」不知該回應什麼，小傑只好打了一段刪節號，然後又丟出一個「吐血身亡」的表情符號。

「呵呵，時間不早了，我也該睡嘍。」柯於靈傳來一個打呵欠的表情。

「好，祝你有個好夢。」小傑考慮了一下，決定丟出一個小小的愛心符號。

「明天別忘了帶體育服裝喔。」柯於靈留下這一句叮嚀，隨即是一個櫻桃小丸子的笑臉「掰掰」。

「晚安！」小傑也馬上回應一個原子小金剛從原地飛走的「掰掰」。

然後，看著電腦螢幕上，「魚零」從小綠人變成了小灰人，小傑才忽然想起——啊，竟然完全把阿軍的請求拋在腦後了！

# 口蜜腹劍

**【成語小宇宙】**宋．司馬光《語本資治通鑑．卷二一五．唐紀三十一．玄宗天寶元年》

尤忌文學之士，或陽與之善，啗以甘言，而陰陷之。世謂李林甫「口有蜜，腹有劍。」

**【星子的密語】**形容一個人嘴巴說得好聽，而內心險惡、處處想陷害人。

**【發光相似詞】**佛口蛇心、表裡不一、笑裡藏刀

**【黯淡唱反調】**表裡如一、心口如一

# 擲地有聲

## 把你整個人都丟到地上，或許多少會有點聲音。

下課時最常見到的景象是，如果不是大家都坐在位子上發呆，一眼望去像是快枯萎的花園；就是整間教室鬧哄哄的，跟阿拉伯市集沒什麼兩樣。

今天顯然屬於後者。小傑拿著一瓶礦泉水走回座位時，看見阿軍正在跟班上作文最好的神童搶東西，神童一直不讓他，兩個人的手爭來爭去的，仔細一看，似乎是在搶作文簿。

「吼，借我看一下又不會死。」阿軍終於還是搶到手了。

「你真的是很野蠻！」神童搶得滿身大汗。

「因為剛剛作文課時，老師說我需要拜你為師啊。」阿軍嘻皮笑臉的說：「總要先讓我看一下武功祕笈長什麼樣子吧。」

教室裡的噪音分貝幾乎爆表，不仔細聽，還聽不太見他們的對話。

神童坐回座位，不再搭理他。只見阿軍翻開作文簿說：「哇，你的字也未免太漂亮了。」然後視線望見小傑，跳過了幾張椅子，走過來，「小傑你看，神童果然不是當假的。」

映入視線裡的每一個字，不只整整齊齊，更帶著一點秀逸之氣，像是書法家寫出來的。阿軍迫不及待翻到老師在後頭寫評語的地方：「立意清楚，譬喻巧妙，是一篇擲地有聲的好文章。」

「擲地有聲……是什麼意思啊？」阿軍問。

「我也不懂。」小傑說：「不然，你去問神童。」

「不要啦，我還沒有正式拜他為師。」阿軍不改他一貫的風格，「不是說古時候的人拜師，要準備『束脩』嗎？」

「束脩？」

「嘿嘿，這你不懂了吧。」阿軍很得意：「束脩就是古人用十條肉脯紮成一束，當成拜見老師的禮物。」

「原來老師愛吃這種東西喔？」小傑有點狐疑。

「不過說到底還是不知道什麼叫擲地有聲……」阿軍突然充滿好學精神，湊在小傑耳邊小小聲說：「要不然，我們去問柯於靈？」

小傑嚇了一跳，趕緊說：「你自己去問！」

「要問什麼？」一個熟悉的聲音從身後傳來。是「吳鳳」，也就是這個班級的導師。她總是笑嘻嘻的，但突然現身，還是讓阿軍和小傑嚇了一跳。

「老師，你不是才剛走？」阿軍睜大了眼。

「我感應到你有困惑，就立刻回來為你服務了。」本名吳文鳳的「吳鳳」老師笑著說。

「這樣喔……」阿軍說：「那不請教你也不好意思了。就是，我們不懂，什麼是『擲地有聲』？」

「要問問題可以，不過，你的『束脩』準備好了嗎？」吳鳳老師「嘿嘿嘿」的笑了三聲。

「連這個你也聽見了？」阿軍的臉上立刻出現一個「囧」字。

「不逗你了，我趕著去下一堂課。」吳鳳老師便開始解釋：「晉朝時有個人叫孫綽，他在當官時，寫了篇叫做〈遊天臺山賦〉的文章，文章完成後，他拿給朋友看，並開玩笑說：『你把這篇文章扔到地上，應當會發出金石之聲。』」

「看來他跟我一樣俏皮耶。」阿軍忍不住插話。

「只可惜你的作文不像他一樣，可以扔到地上，發出金石之聲。」吳鳳老師接著說：「當時的人，都以能獲得孫綽的文章為榮。也因此，就把一篇寫得很好的作品，稱為『擲地有聲』。」

小傑聽了忍不住對阿軍說：「我想，你的文章是不可能了，把你整個人都丟到地上，或許多少會有點聲音。要試試看嗎？」

吳鳳老師一聽也笑了，突然，又想起了什麼似的，對小傑說：「我差點忘了，其實我是回頭來找你的。下午抽空到辦公室來找我一趟，好嗎？」

小傑有些意外，但點了點頭，上課鐘聲隨即響起。

阿拉伯市集像被誰用魔術變走了，教室又恢復為一片死寂。

# 擲地有聲

**【成語小宇宙】**《晉書．卷五十六．孫綽傳》

嘗作天臺山賦，辭致甚工，以示友人范榮期，云：「卿試擲地，當作金石聲也。」

**【星子的密語】**比喻文章文辭優美，語言鏗鏘有力。

**【發光相似詞】**妙筆生花

**【黯淡唱反調】**三紙無驢

# 夜郎自大

## 住在那邊的人都很自大嗎？

午後的陽光灑在長長的走廊上。學校靠山，聞得到空氣裡新鮮的綠意。要前往教師辦公室，得先穿過幾棟大樓。

「報告！我要找吳文鳳老師。」小傑站在門口，怯怯的喊。雖然聲音比貓叫聲還細，吳鳳老師還是從她的公仔堆後面探出頭來。

「快來、快來。」她開心的招著手示意，「這給你喝。」

老師先遞給他一瓶冰紅茶，又幫忙拉了張椅子。

小傑有點不好意思的坐下，望著老師桌上除了有一盆仙人掌，很多書、雜誌，還有數不清的公仔，簡直就像個小型的樂園。其中一隻，是偽裝成茄子的Sonny Angel。小傑一直望著它。

「你也喜歡 Sonny Angel 嗎？」老師說話很快，笑起來會變成瞇瞇眼。

「我也有一隻這個。」小傑說：「不過我的是老虎。」

「唉呀，動物系列我也買了好幾隻。」老師連忙從原子小金剛和波堤獅的後面，拎出幾隻動物版的 Sonny Angel。「超可愛的，對吧！」

小傑本來想說他最招牌的那句「還好」，又怕老師傷心，就淡淡點頭笑了一下。看老師似乎沒有接下去說的打算，只好旋開瓶裝紅茶，意思意思喝了一口。

吳鳳老師把公仔放回原處後，就像如夢初醒般接著說：「我差點又忘記找你來，是有重要的事跟你說。」

「什麼事啊？」小傑有些緊張，仔細想想，自己週記都有按時交，最近也沒遲到，考試成績也不是太差，更沒有跟同學打架……

「別緊張！」老師拍了拍他的肩膀，轉身從架上拿出一份精美的表格。「是這樣的，每年學校都會推薦幾個特別優秀的學生，去參加這個 Creative Art，CA大賽，它是針對十七歲以下的青少年所舉辦的繪畫獎項。我看過你幾幅繪畫作品，覺得你很適合喔！」

「我真的，還好……」這回，小傑就毫不客氣使用「還好」了。

「什麼還好？」老師一時沒聽懂。

「就是我不太適合啦。我的畫太弱了。」小傑尷尬的笑了一下，試著說服老師。

「什麼話！」老師壓低了聲音，問：「該不會是在跟我耍客氣吧？」

「老師……我……」小傑心裡直想打退堂鼓，早知道不應該打開紅茶的，「我真的『還好』而已啦，我又沒有受過什麼訓練。出去比賽會被人家笑啦。」

「你、錯、了！」老師非常嚴肅、認真的望著他，「小傑，你聽我說，我絕不是夜郎自大，我敢打包票，你一定會得獎！」

「怎麼可能！」小傑一臉不可思議，「還有，你怎麼會變成那個……夜狼自大？」邊說著，還邊學狼「啊嗚」叫了一聲。

「九哆嗎爹（日文中『等一下』的意思），不是那個狼！」老師連忙更正，拿了張紙，寫出正確的文字，「夜郎，是一個國家的名稱。」

「住在那邊的人都很自大嗎？」小傑忍不住接著問。

「倒也不是這樣，」老師說著也旋開了一瓶紅茶，「以前漢朝的時候，在中國西南邊有一些很小的國家，由於交通不便，和外界隔離，因此消息很封閉。有一次，漢武帝派人去視察，誰知道夜郎國王不但很親切的招待那位使者，還問他：『不知道漢朝的疆土和夜郎國的相比，誰比較大？』」

「那位使者如果正在喝茶，可能連茶都噴出來了吧。」小傑說。

「所以啊，後來的人，就用夜郎自大來形容那些過度誇大自己的人。」老師接著說：「不過，雖然我們不應該夜郎自大，也不該妄自菲薄喔。」

「忘字匪伯？」小傑又困惑了。

吳鳳老師耐心十足的把「妄自菲薄」四個字寫在紙上。「像你剛剛這樣一直說『還好』、『還好』的，就是妄自菲薄。因為，我從來沒有看過一個像你這個年紀的孩子，畫筆可以這麼粗獷又原始，好像你的心裡藏有一片草原似的。」

心裡藏有一片草原？小傑想起，確實有一段時間，在他還很小、很小的時候，他最開心的事，就是跟著把鼻去一片草原上畫畫。媽媽總是準備了好吃的野餐，把鼻很專注的畫著，他跟媽媽就在旁邊玩，不吵把鼻。

那一片草原，是他見過最美麗的草原。

他從來沒有跟任何人提過，為什麼吳鳳老師會看出來呢？

老師將報名表交到他的手上，「先不要拒絕我，回去讀一下裡面的細節，有什麼想法再找我討論，好嗎？」

## 夜郎自大

**【成語小宇宙】**

漢．司馬遷《史記．卷一一六．西南夷列傳》

滇王與漢使者言曰：「漢孰與我大？」及夜郎侯亦然。以道不通故，各自以為一州主，不知漢廣大。使者還，因盛言滇大國，足事親附，天子注意焉。

**【星子的密語】**

形容那些過度誇大自己的人。

**【發光相似詞】**

妄自尊大、自高自大、崖岸自高

**【黯淡唱反調】**

妄自菲薄、自輕自賤、虛懷若谷

# 第二章

# 心中的那片草原

## 心有鴻鵠

### 吃飯其實也很需要專心的。

假日夜晚，不想開伙的時候，媽媽會帶著小傑到住家附近一間牛肉麵館用餐。年紀小一點的時候，小傑還肯跟媽媽手牽手散步；變成少年之後，只肯站在媽媽旁邊，本來還堅持戴著耳機聽 iPod，經過媽媽強烈抗議後，才稍稍讓步——不聽音樂，但是既然要出門，頭髮還是得「抓得很帥」。

過去總是媽媽一說「出門吃麵嘍」，三秒鐘之內，小傑就會放下手邊一切雜務，在門邊等待出發；如今媽媽仍然喊「出門吃麵嘍」，小傑要麼東摸摸、西摸摸，最後，漫長的等待絕對是因為頭髮「搞不定」。

雖說是牛肉麵館，和一般的傳統店家感覺卻有些不同。店裡面看不見那些大鍋熱火、麵糰或湯杓，小小的店面布置得滿雅緻的，仿客棧式的桌椅很沉，

牆上各處懸掛著一些看不出年代的古董擺飾。

臉上總襯著笑意的老闆娘是看著小傑長大的。從小，小傑就愛吃他們家的古早味牛肉麵。新鮮的溫體牛肉片、細黃油麵、空心菜和洋蔥，在老闆的巧手烹燴之下，味道真的就跟埔里老家阿嬤所煮的湯麵一樣。

也許，就是因為這一份特殊的親切感，這麼多年來，母子倆總是心無二意的頻頻光顧。不過，今天小傑似乎有點反常。媽媽喊「出門吃麵嘍」，他先從房間裡傳來一聲微弱的「喔」，不到三分鐘，竟然就出現在門口。頭髮也沒有抓，直接戴了頂鴨舌帽，再套上他最愛的達達鞋，就準備出門了。

媽媽有些驚訝，於是問：「咦，你今天怎麼這麼快？」

「還好。」小傑淡淡的說。

「是不想吃麵嗎？還是去吃火鍋？」媽媽又問。

「都……還好。」小傑又不置可否。

於是母子倆就這樣「還好」但「也不怎麼好」的踏出家門。

十多分鐘的腳程，穿越許許多多的住家與人群，假日的氣氛伴隨著夕陽的

光芒貼滿了街道。小傑不說話，偶爾走得快些，媽媽從後頭望著他的背影，發現他又高了一些，不變的或許只有眼神吧？他的目光總是好奇的望著世界：別人陽臺上晾著的衣服、窄巷裡一隻過馬路的泰迪熊貴賓狗、攀過圍牆探出頭來的九重葛……

進了店裡，小傑逕自走向慣坐的位子。媽媽也跟著坐下。老闆娘親切的端來了熱茶，「今天，還是一樣嗎？」

小傑點了點頭，代表他吃古早味牛肉麵。

媽媽也點了點頭，代表她吃番茄牛肉拌麵。

老闆娘對於這樣的默契，似乎很滿意，俐落的收起了菜單，「小菜我幫你們準備一個醋溜洋芋，一個涼拌苦瓜喔。」

店裡總是放送著廣播節目，老闆娘的小女兒看店時，播的是流行音樂電臺；若只有老闆娘自己看店，通常聽到就是古典音樂，聲音很輕，不打擾客人用餐。

食物很快端上桌來，母子倆一前一後開動了。

好一會兒，媽媽終於忍不住問：「你怎麼看起來心有鴻鵠的樣子？」

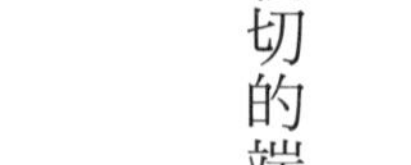

「什麼紅湖？」小傑脫下鴨舌帽，用手撥了撥頭髮。

「就是感覺你不怎麼專心。」媽媽補充說明：「從前有個下棋高手叫弈秋，他同時指導兩個人下棋，其中一個很認真學習，另一個雖然也聽從指導，心裡卻老覺得外頭有一隻大鳥快要飛來了，想要拉開弓箭去射牠。因此，雖然他們都向弈秋學棋，效果卻不相同，難道第二個人能力比較不足嗎？倒也不是。就只是因為他不專心吧。」

媽媽怎麼會不知道呢？小傑心裡有事的時候，就會把麵捲成一團，先擱在湯匙上放涼，美其名是放涼，事實上根本是在發呆。

於是她又接著說：「雖然『心有鴻鵠』大多是指工作或學習不專心，不過吃飯其實也很需要專心的。我看你一定有心事。」

「喔……還好。」小傑還不知道，該不該跟媽媽討論這件事。慢吞吞的，把整碗麵吃到剩三分之一，才終於說：「那個，老師想要我去報名一個繪畫比賽……」

「是喔。」媽媽裝作不經意的樣子，「那你想試試看嗎？」

「我也不知道。」小傑放下了筷子，拿起小湯匙攪拌附贈的甜點——一小碗八寶粥。「好像也可以試試看，不過，要是試了沒中，不是很糗嗎？」

媽媽忍不住噗嗤一笑，「所以，你其實是擔心丟臉喔？」

「也不是啦。」哎，要怎麼解釋那種心情？小傑默默吃起八寶粥。

媽媽也擱下了筷子，「雖然，我們工作或念書，不應該『心有鴻鵠』，不過面對未來，我們卻應該抱有『鴻鵠之志』喔。換句話說，根本不用在乎那麼多畫畫之外的事情，你只要努力過，交出最滿意的作品，就已經完成你所該做的事。至於誰該得獎，那就留給評審去煩惱吧。」

「嗯。」小傑輕輕點了點頭。

「況且，」媽媽也拿起小湯匙舀了一口八寶粥，「把鼻如果知道你喜歡畫畫，還能夠跟那麼多優秀的人一起競賽，一定會很開心。」

「真的嗎？」小傑問。

「當然。」媽媽忍不住笑著說：「就算沒有得獎也一樣。」

# 心有鴻鵠

【成語小宇宙】《孟子．告子上》

弈秋，通國之善弈者也。使弈秋誨二人弈，其一人專心致志，惟弈秋之為聽。一人雖聽之，一心以為有鴻鵠將至，思援弓繳而射之。雖與之俱學，弗若之矣。為是其智弗若與？曰：非然也。

【星子的密語】形容工作或學習不專心。

【發光相似詞】一心二用

【黯淡唱反調】心無旁騖

# 國士無雙

## 沒有人比他更厲害。

這一堂，又是吳鳳老師的課。

可能因為是第一堂，大家還有點昏昏欲睡。除了阿軍依舊活力充沛的朝聖人丟紙飛機，班上其他同學多半都以「慢動作」行動著。比方說，慢動作拿出鉛筆盒，慢動作拿出課本，慢動作把書包蓋上……

然而，當吳鳳老師出現之後，同學之間迅速響起細細碎碎的耳語。

原來，個頭嬌小的老師身後，居然還跟著一張陌生的臉孔。他看起來瘦瘦的，五官很深邃，甚至有點憂鬱，一頭濃髮，穿著稍嫌太小的學校制服，尷尬的站在門邊。

班長喊完「起立、敬禮」，大家向老師鞠躬問好之後，「吳鳳」老師便介紹了那位男孩：「各位同學，從今天開始，我們班上有位新朋友——林國士同學。」說著，還在黑板上寫下他的名字。

「我想，國士的父母親，一定對他有很深的期許，所以幫他取了一個這麼酷的名字。大家聽過成語『國士無雙』嗎？」

「我只聽過『國事如麻』……」阿軍在臺下小小聲的說。坐他旁邊的阿胖忍不住笑了出來。

「國士無雙的意思是說一個人的才智極為高超，而且放眼全國，沒有人比他更厲害。」老師耐心解釋著：「《史記》裡面，記載了許多漢朝大將軍韓信的故事，比方說，他可以忍受胯下之辱，不意氣用事，最後被蕭何賞識，力薦給劉邦，蕭何甚至對劉邦說：『千軍易得，一將難求！陛下若想圖謀天下，和西楚霸王項羽對抗，就必須仰仗人才。韓信就是這樣一位國士無雙的軍事奇才，若不重用，漢軍就別想要稱霸天下！』」

大家正聽得一愣一愣，沒想到站在門口的林國士，突然做了一個鬼臉，還像小狗一樣「汪」了一聲。同學們先是一陣錯愕，隨即爆出了哄堂大笑。

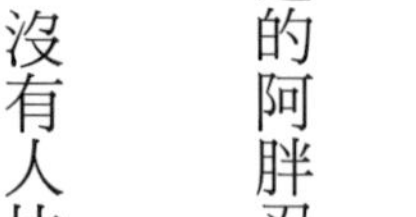

是因為觀眾反應太熱烈嗎？小傑望著林國士，他居然沒有罷休，吐著舌頭，看起來心不在焉，發出咕嚕咕嚕的怪聲音。

講臺上的吳鳳老師卻完全不意外。她微笑等待臺下的鼓噪稍歇，才溫柔的說：「謝謝大家這麼熱烈歡迎我們的新朋友。」

小傑覺得吳鳳老師太強了，連這種場面也可以一派輕鬆、不被嚇倒。

老師接著又說：「其實，國士從七歲開始，就發現得了一種罕見的疾病——妥瑞氏症。」

小傑望向新同學，他的鬼臉消失了，又回到憂鬱，似乎還增添了一分懊惱的表情。

「患有妥瑞氏症的人，會不自覺做出一些動作，或是發出怪叫聲，但不是故意的。所以，希望班上的同學，不要被國士不經意的舉動嚇到，大家要好好相處，好嗎？」

接著，林國士靦腆的向大家點頭打了個招呼。

由於還來不及幫他準備桌椅，老師要他先跟最末排的阿明一起坐。

前幾分鐘，都還相安無事，但不一會兒，國士開始怪笑起來，聽起來就像小動物般的竊笑聲，在一片安靜、只有老師講課聲的課堂上，顯得很突兀。過了一會兒，他恢復正常，立即小小聲的跟阿明說：「對不起。」

只是，才剛道完歉，他又像失了神一樣，不斷用手搖晃著阿明的椅子。阿明被搖得頭昏腦脹，終於忍不住站起來大吼：「你幹麼一直搖我！」

所有人的目光都射向林國士。他又吐了吐舌頭，伸手抓了抓他的臉，看起來有點無辜。

好不容易熬到下課。「吳鳳」老師立刻請聖人和阿軍，去幫忙搬來一套桌椅。他們找了小傑一起去。

小傑站起身要離開教室時，卻聽見吳美琪在跟她的鄰座咬耳朵：「我們真倒楣！沒事轉來一個怪胎，一定是別的學校都受不了他，我看如果是怪人比賽，他才真的是國士無雙！」

# 國士無雙

**【成語小宇宙】** 漢．司馬遷《史記．卷九十二．淮陰侯傳》

諸將易得耳。至如信者，國士無雙。

**【星子的密語】** 一個人的才智極為高超，而且在這一國之內無人能出其右。

**【發光相似詞】** 一時之選

**【黯淡唱反調】** 吳下阿蒙

# 眾口鑠金

## 我這個人向來最嚴肅的，你也知道。

週末，鐵三角約好在「老地方」見面。

「還好你們找我出來，我在家裡快無聊死了。」阿軍點了一大杯可樂。

「無聊是變笨的第一步，你要小心點。」聖人喝的是冰紅茶。

「先說好，不准笑。」小傑咬著吸管，有一搭沒一搭的喝著他的冰果汁。因為他已經完成要參加CA大賽的作品，想先請這兩位看看，雖然他們不一定能給出什麼意見……

「好啦。我這個人向來最嚴肅的，你也知道。」阿軍馬上收起他的笑臉，裝出跟國父一樣的表情，還用廣東國語說：「和平，奮鬥，救中國。」

「奇怪，為什麼這麼嚴肅的話被你一講，聽起來就很搞笑？」聖人不慍不火

的回他。

小傑滿臉無奈，默默轉身把畫拿出來。聖人細心的先把飲料挪到隔壁桌，將桌面擦拭乾淨。小傑將畫紙攤開，聖人和阿軍不約而同的「哇」了一聲。

實在沒想到，小傑會畫出這樣的作品。

在畫紙上方，觸目所及，都是深深淺淺的黑色線條，但由不同的顏料材質構成。畫的下方使用的是壓克力，黑色線條隱隱約約組織成一棟棟樓房，但是樓房看起來很軟；全部的樓房隱隱約約組織成一個社區，但是社區看起來是破碎的；再拉遠來看，社區隱隱約約又組織成了一個躺著的人，那個人張著黑色的眼睛仰望黑色的天空。天空，亦是由許許多多黑色炭筆線條和水彩細細畫成，黑色的雲和黑色的雲彼此重疊……

大家沉默了好一會兒，聖人才開口問：「作品的名稱是什麼？」

「星星壞掉了。」小傑說。

「哪裡有猩猩啊？」阿軍忍不住又開始油嘴滑舌，他眼睛一亮，「我知道了！一定就是因為猩猩都壞掉了，所以什麼都看不到，只有一片黑。」

「愚昧是毀滅的前奏。」聖人瞪了他一眼，「誰說只有一片黑，小傑明明就畫了那麼多東西在上面。」

「所以，」小傑小小聲的問：「你們都不太喜歡，對吧？」

「我喜歡啊。」阿軍搶著說：「一團黑，很酷。」

「我說不上喜不喜歡，只覺得滿憂傷的。」聖人老實回答。

「嗯。」小傑慢慢把畫紙捲收起來，「謝謝你們的意見。」

場面好像有點冷，阿軍把飲料挪回原位，喝了一大口可樂後，說：「你們知道嗎？聽說新轉來的那個『國士無雙』，其實是中邪耶。」

「瞎扯。」聖人說：「很低級的小道消息，老師都已經說過他是妥瑞氏症了。」

「對啊，我也覺得這樣說很沒道理，」阿軍試著解釋：「但是，陳霈真跟黃育宜說，黃育宜跟包子說，包子跟老姑婆說，老姑婆又跟吳美琪說，吳美琪再跟我說……」

「到底說了什麼？」小傑聽得一頭霧水。

「就是說，有人看見『國士無雙』他媽媽帶他去廟裡面拜拜、求符，你們

想想看，如果他是妥瑞氏症，幹麼還需要求神問卜？」阿軍一口氣說完。

「吳美琪怎麼跟你說的？」小傑問。

「她在MSN上敲我、跟我說的啊。」阿軍不假思索的回答。

「喔——」聖人和小傑異口同聲說：「你有她的MSN了啊！」

「唉呀，」阿軍顯得有點不好意思，「這不是重點吧……」

「對，這的確不是重點。」聖人接著說：「重點是你剛剛說的那種無聊八卦，往往會造成眾口鑠金的局面，讓當事人遭受莫大的傷害！」

「有這麼嚴重？」阿軍似乎被聖人嚴肅的表情震懾了。

「什麼是重口碩金？」小傑問。

「從前有個周景王，他想要造一口大鐘，大家都勸他打消念頭，因為大鐘雖然少見，但聲音不一定好聽和諧，而且勞民傷財。周景王理都不理，堅持做了大鐘。鐘做好之後，諂媚他的人就誇讚鐘的聲音很好聽，他聽了很得意。然而，之前勸他的人還是很不以為然的表示，這種勞民傷財的事，人民的內心是敢怒不敢言，怎麼能叫做和諧呢？而且凡是人民贊同的事，大多會成功，人民所厭惡的，絕對會失敗，這就是俗話所說的『眾心成城，眾口鑠金』。」

「喔……」阿軍聽得一頭霧水，「你講這一大串，我還是不懂什麼是眾口鑠金。」

「集合了許多人說的話，連金屬都可以融化。」聖人好整以暇的說：「可見謠言和輿論的力量有多可怕。」

小傑忽然想起那一天，吳美琪的冷言冷語，再加上今天聽到的八卦，忍不住用力點了點頭。

# 眾口鑠金

【成語小宇宙】

《國語．周語下》

二十四年．鍾成，伶人告和。王謂伶州鳩曰：「鍾果和矣。」對曰：「未可知也。」王曰：「何故？」對曰：「上作器，民備樂之，則為和。今財亡民罷，莫不怨恨，臣不知其和也。且民所曹好，鮮其不濟也。其所曹惡，鮮其不廢也。故諺曰：『眾心成城，眾口鑠金。』三年之中，而害金再興焉，懼一之廢也。」王曰：「爾老耄矣！何知？」二十五年，王崩，鍾不和。

【星子的密語】

比喻眾口同聲，往往積非成是。

【發光相似詞】

人言可畏、三人成虎、積毀銷骨

# 生我劬勞

## 我也好想要擁有這種甜蜜的負荷……

每天早上六點鐘，媽媽總是準時起床。

邊忙著喚小傑起床，幫他準備三明治與阿華田麥片，送他出門；然後，身分就切換為在自由國小任教的石文菊老師，她著好裝、下樓，預約好的計程車已經等在管理室旁。

在世界上數不清的計程車之中，這絕對是令人最有好感的一輛。清爽的車廂，沒有任何多餘的廣告、擺飾。椅背後方放著當日報紙，以及一份文學雜誌。車裡絕無怪異的冷氣霉味，也沒有便當的油膩味，司機王十勤總是穿著整齊的襯衫、長褲，雖然不到西裝筆挺的程度，卻相當得宜。

也因此，當兩年前媽媽決定要按月包車，便成了王十勤的主顧。

一週五日，晴雨無缺，黃色計程車總是準時出現。一開始彼此禮貌寒暄，日子一久，漸漸像個相熟的朋友。

「今天精神看起來不錯！」

「昨晚沒睡好嗎？」

「下週一會請假嗎？沒問題。」

王十勤適時的關心問候，不逾越，最常說的一句話就是「沒問題」。

最令媽媽感到放鬆的，莫過於他絕不會將廣播頻道調到政論節目。那些咄咄逼人的口吻常使她疲憊焦慮，車子裡頭偶爾播放爵士樂，或是輕快的古典鋼琴，大約三十分鐘的車程，伴她迎接一天的開始。

若是放學，在一陣車水馬龍之中，王十勤的車子更是有點像避風港，暫時為她隔開了塵囂。

這一天，小傑睡遲了，連早餐都來不及吃。媽媽邊幫他拿著書包，邊將早餐裝進紙袋裡，催趕著他下樓。

「不好意思，今天遲到了。」匆匆忙忙進了計程車，連聲道歉：「還得麻煩

你繞個路，先送小傑到學校。」

「沒問題。」王十勤主動向小傑打招呼：「哈囉。」

小傑有點害羞，只輕輕點了點頭。

車廂裡的空氣有了微妙的變化。三個人各自安靜。

王十勤從後照鏡中望著母子倆。身分既是石文菊老師，又是母親的她，今天化著淡淡的妝，烏黑有亮澤的短髮，穿著白色套裝，整個人浸潤在晨光裡。右座的小傑倚著車窗，看得到他有些單薄的身體，穿著制服，還略顯孩子氣，旁邊擱著書包和一個畫筒。

此時，王十勤心裡突然浮現了一個家的錯覺。

媽媽望著車窗外，許多載著學童、趕赴上學的家長，突然有感而發的說：「生我劬勞……真是說得好有道理。」

「啊？」王十勤一時沒反應過來，一個紅燈將他們攔住。

似乎發現自己說得沒頭沒尾的，媽媽便繼續解釋：「剛剛看到家長們送小孩上學，想到《詩經》裡說：『哀哀父母，生我劬勞』，真是一點都沒錯。從小到大，

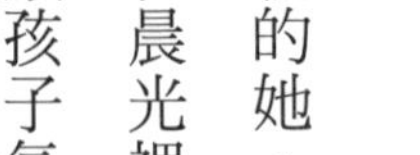

父母親要養育兒女真的很辛苦，得擔很多很多的心……」

小傑靜靜聽著。不知怎的，他想起了把鼻。或許是因為，從前自己也是坐在後座，聽著把鼻和媽媽聊天吧。聊天的內容已經不記得了，那時他還太小，只留著一些模糊的畫面。不過，他還來不及多想，學校就到了。

「來得及嗎？」媽媽看了看手錶。

「還好。」小傑囁嚅的回答，然後又不知是對誰說的一句：「掰掰。」

車子再度發動，媽媽才又輕聲說：「不好意思，讓你趕路了。」

「沒問題。」又是這句話。

邊開著車，王十勤心頭仍惦記著剛剛那一幅「家的想像圖」，想起單身這麼多年，一直沒有成家的機會，幾次無疾而終的戀愛談到最後不了了之，忍不住接續起剛剛的話題：「其實，你會不會覺得，能夠牽掛也是一種幸福？有時候，我也好想要擁有這種甜蜜的負荷。」

聽著王十勤這麼說的時候，媽媽忍不住抬頭望向他的背影。一時之間，她竟也想起了小傑的父親。

## 生我劬勞

【成語小宇宙】《詩經・小雅・蓼莪》

哀哀父母，生我劬勞。

【星子的密語】意指父母生養兒女極為勞苦。

【發光相似詞】父母恩勤、昊天罔極

【黯淡唱反調】我獨何害、無所怙恃

# 插科打諢

## 你覺得我適合往演藝圈發展嗎？

小傑把要參加比賽的畫作交給吳鳳老師後，總算如釋重負。

吃過午餐，他趴在窗口看著外頭那幾棵又高又壯的樹，似乎也開始飄下落葉。落葉一片又一片在空中隨著風畫圈，然後落下。圍牆外頭駛過一輛黃色計程車，讓他想起前些日子搭媽媽便車上學時，那位親切的司機先生。說不上來那是一種什麼心情，像穿上晒暖了的舊衣服，感覺很體貼、舒服，但是，心裡卻有一點點微妙的抵抗，似乎在提醒著：不應該跟他太過熟稔。彷彿，他會改變現有的一些什麼。

不明白何以自己竟有這種複雜的情緒，小傑轉過身，看見喧譁的教室裡，同學們有的正打鬧聊天，有的則坐在位子上看書，他的視線瞥過轉學生林國士

身上，赫然發現他正苦著一張臉。

這些日子以來，班上漸漸分成兩派。一派是支持林國士的。這一派的同學，能體諒他患有妥瑞氏症，雖然偶爾還是會被他突如其來的怪聲音、怪表情嚇一跳，也都儘可能裝作若無其事，對國士來說，這樣似乎可以降低他不必要的歉意。

另一派，當然就是反對的聲音了。像陳霈真、黃育宜、吳美琪跟包子那幾個人，擺明了不給林國士好臉色看。如果只是不跟他接觸，避而遠之，那也就算了。偏偏包子就坐在林國士附近，每次黃育宜去找包子聊天，就愛用她高八度的聲音、唯恐別人聽不見似的大叫：「唉呀，你的手一直抖，好恐怖喔，不要碰我啦。」「好吵喔，只不過來借個立可白，旁邊一直有人碎碎唸，煩死了。」「我們真不知道是造了什麼孽，幹麼跟一個怪人同班，倒楣透了！」

小傑非常確定那些話，都不偏不倚傳到了林國士耳裡。

雖然這個世界上，本來就不可能人人都是好人，但這種狀況還是挺討人厭的。小傑很想要用一些低調的方法，默默告訴林國士：「加油！我們支持你！」但基於與生俱來的害羞，總是只能呆坐在位子上，自己生悶氣。

他的視線飄過不遠處、正拿著一張溼紙巾擦拭桌子的柯於靈，還好她看來是能接受國士的。上一次，她負責發聯絡簿給大家，國士可能因為太緊張，一邊用手接過簿子，一邊忍不住擠眉弄眼，還吐出了舌頭。

但柯於靈只是淡淡的對他一笑。

小傑剛好看到了那個笑容，覺得好溫暖又好神奇。原來，什麼話都不用說，就可以給別人力量。後來回到家，趁著洗澡時，小傑偷偷站在浴室鏡子前，想要練習一下「那種笑容」。沒想到，沾著霧氣的鏡子裡，只出現一張僵硬的臉。於是，小傑又試著咧開嘴巴，露出一排牙齒，結果，非但沒有為誠意加分，反倒更加顯得有幾分呆笨。

小傑的視線再度飄回林國士身上。小傑看見，坐在國士前面的包子，轉頭過來不知道對他說了一句什麼，他皺起眉頭，好像快哭了。然後，就聽見黃育宜雪上加霜說著：「少在那邊裝可憐，不想待在這裡，你可以再轉學去別間學校啊！」

氣氛正有些尷尬，阿軍突然走了過去，站在林國士的身邊，像是要跟他聊天。結果，一開口，卻是模仿黃育宜高八度的聲調：「唉呀，好恐怖喔，怎麼有人綁了一個那麼大的蝴蝶結，嚇死我了，拜託拜託，走開一點，我最怕蝴蝶結了啦。」

笑聲像爆竹一樣炸開了。一方面是，阿軍的粗嗓子實在和高八度音很不搭，二方面，大家都知道黃育宜最以她頭髮上所綁的蝴蝶結為榮，每天都要更換不同的顏色。

黃育宜愣在原地，氣呼呼的，還來不及反擊，阿軍又繼續尖著嗓子說：「還有還有，好奇怪喔，我只不過想要來跟國士借個立可白，旁邊怎麼出現一顆會說話的包子，真是嚇死人嘍。」

這下，剛剛一臉得意的包子也被波及，他也同樣來不及反應，阿軍立刻又翹起他的蓮花指，接著說：「唉呀，你們兩個不要一直用這種崇拜的眼神看著我啦，人家我也是會害羞的！」說完，還跺了一下腳，班上同學有人大笑到拍手鼓掌，阿胖還差點從椅子上跌下來呢。

小傑望著黃育宜和包子兩個，他們雖然一肚子氣，卻無法再多說些什麼，只是狠狠瞪了阿軍一眼，就各自回座位去。

午睡的鐘聲適時響起。眼看著一場衝突，居然就這樣被阿軍化解了。

放學時，阿軍還特地等國士的家長來接他，才到老地方跟聖人、小傑會合。聊起中午的事，聖人忍不住對阿軍說：「想不到你平常最擅長的插科打諢，居然能在關鍵時刻派上用場！真是養『軍』千日，用在一時啊。」

本以為阿軍會得意揚揚接受聖人的讚美，沒想到他邊咬著薯條，邊疑惑的問：「那個……差棵打混是什麼啊？我又沒有動手打人！」

「以前的人在演戲時，」聖人解釋：「會用一些搞笑的動作和臺詞讓人哈哈大笑，就是插科打諢的意思。」

「這樣喔？」阿軍於是認真的問：「所以，你的意思是不是我的演技很不錯？你覺得我適合往演藝圈發展嗎？其實，我一直覺得我不輸給周杰倫耶……你說呢，小傑？」

「呃。」小傑想了很久很久，差不多有阿軍吃掉七根薯條那麼久的時間，然後，終於還是說了那句老話：「還好。」

# 插科打諢

【成語小宇宙】明．高明《琵琶記．報告戲情》

休論插科打諢，也不尋宮數調，只看子孝與妻賢。

【星子的密語】本指戲劇表演時，以滑稽的動作或言語引人發笑。亦泛指引人發笑的舉動或言談。

【發光相似詞】插科使砌、打諢發科

【黯淡唱反調】一本正經、不苟言笑

# 三紙無驢

## 能夠寫到第三張紙的，還真不多呢！

天氣漸涼，一早起來就下大雨，小傑甚至是被雨聲吵醒的。斗大的雨滴敲在窗玻璃上，讓人誤以為是鳥在啄窗。由於雨勢太驚人，為了安全起見，吃過早餐，媽媽對小傑說：「今天別騎腳踏車了，我送你上學。」

母子倆於是搭上「在世界上數不清的計程車之中，令人最有好感的一輛」，司機王十勤還貼心的把車子後半部退進了騎樓，讓他們不必淋雨，就可以直接從後座上車。

小傑和王十勤的互動，依然只有「哈囉」和「害羞的點頭」。

然而，坐在一旁的媽媽，似乎心情很不錯的樣子。邊望著窗外滂沱雨陣，邊跟著廣播節目所播放的旋律，哼起不知名的歌。

一整天的大雨，大家都顯得有些慵懶。

國文課時，吳鳳老師提起她最近在看一本跟澎湖有關的長篇小說，裡面寫到下雨天就會特別想吃炸的東西，因為「落雨天，吃炸的不燥」，所以家裡的小孩紛紛會纏著阿嬤，要吃炸番薯……

小傑想起埔里的阿嬤，過年也總會炸些番薯和年糕給大家當點心，紅心番薯裹粉炸過起鍋，熱騰騰拿在手裡，一口咬開，香氣四溢，真是有夠好吃的。小傑想著，等學期結束，又可以回埔里跟阿嬤一起過年啦。到時候一定還要拜託阿嬤做她最拿手的碗粿。

因為提起了那本長篇小說，吳鳳老師又開始像「傳教」一樣，鼓吹閱讀的重要性，「雖然現在你們都在努力學習各種新知識，不過，其實老師也很建議大家在生活中培養閱讀文學作品的習慣喔。」

根據老師的「教義」，文學最大的用處就是「沒有用」。我們的人生已經充滿太多有用的東西，像是成績啦，成就啦，成藥啦，有時候，「沒有用的東西，或許才是我們最需要的，因為那些看似無用的感動、體會，可以讓疲憊的心靈恢

復柔軟。」

「可是我只要一打開小說，看到那麼多字，就會想睡覺。」底下的阿胖小小聲的說。

「別說小說了，我看到新詩，就算字數很少，根本不知道在寫什麼，也很想睡。」旁邊的老姑婆附和著。

吳鳳老師聽到一陣竊竊私語，忍不住點了阿胖的名字：「胡明邦，你們兩個在討論什麼祕密呀？也跟老師分享一下。」

「我……」阿胖站起來，猛抓著衣角，「我是說，小說我都看不懂啦。」

吳鳳老師長長的嘆了一口氣，「有時候，我讀到一本超級棒的作品，都替那本書感到好寂寞喔。它是那麼精采，但只有願意打開它、閱讀它的人，才能夠真正感受到它的好。就像一間很好吃的火鍋店，你總得親自去吃過了，才能體會它到底有多好吃吧？」

「吃火鍋我是完全沒問題啦！」阿胖又繼續碎碎唸：「但是看小說的話……」

「九哆嗎爹！我還沒有說完哩！」老師接續剛剛的話題：「大家都以為書是

只要拿起來看，就一定看得懂嗎？像你們玩線上遊戲不也要層層闖關，才能累積金幣和經驗值嗎？其實，閱讀也是同樣的道理啊。」

喔，老師也玩線上遊戲啊？

阿胖被「請坐」了之後，老師還欲罷不能：「缺乏閱讀能力，就缺乏寫作能力。又怎麼可能寫出好的文章？難怪你們交來的作文總是三紙無驢。」

阿胖都還沒坐穩，就被老師的話驚了一下，因為他的作文簿裡，確確實實出現了「三紙無驢」這句評語。但他不知道那是什麼意思——又不是上美術課，為什麼要畫驢？他想起老師說過，要有「好問」的精神，於是，顫抖的舉起了他像麥兜一般的小手：「老師，請問什麼是三紙無驢？」

「吳鳳」老師瞇起了她的眼睛，給了阿胖一個極滿意的微笑，「很好！不懂就要多發問！從前，有個喜歡賣弄文筆的人，被戲稱為『博士』。有一天他上街買驢子，雙方要簽訂買賣合約，於是他攤開白紙，足足寫了三大張跟驢子無關的廢話，賣驢的人等得很不耐煩，在一旁催促，他還說，別急別急，我還沒有寫到『驢』這個字呢！」同學們聽了都笑了起來。

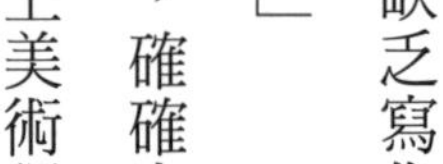

「所以，我們後來就把寫文章廢話連篇、不得要領的狀況，稱做『三紙無驢』。」老師保持著微笑，下了這樣的結論。

正當大家心虛的猜想著，自己是否也屬於「三紙無驢」的一員時，老師居然又淡淡的說：「不過，依我這幾次批改作文的經驗，我看你們最大的問題並非三紙無驢啊……」

大家的眼睛瞬間一亮，不知道吳鳳老師接下來會怎麼說。

「根據我小小的研究顯示，能夠寫到第三張紙的，還真不多呢！現在的年輕人都流行『極簡主義』嗎？」

# 三紙無驢

【成語小宇宙】

北齊·顏之推《顏氏家訓·勉學》

問一言輒酬數目，責其指歸，或無要會。鄴下諺曰：「博士買驢，書券三紙，未有驢字。」

【星子的密語】

買賣驢子的合約寫了三張紙，還沒有見到一個「驢」字。諷刺寫文章廢話連篇，不著邊際，不得要領。

【發光相似詞】

辭不達意、廢話連篇、博士買驢

【黯淡唱反調】

斐然成章、理闢義精、鉤玄提要

# 奇貨可居

## 這麼奇特的貨物居然也可以做得出來……

週末，陽光探出頭來。小傑懶洋洋的起床後，發現媽媽已經出門了。留了簡單的字條，說跟朋友去山上踏青。望著媽媽的字條，小傑才突然發現自己從來沒有想過，媽媽是不是也有一些可以談心的好朋友？印象中有香枝阿姨、金蘋阿姨，是媽媽比較常聯絡的朋友。她們加上媽媽，也是鐵三角組合？今天媽媽是跟兩位阿姨一起出遊嗎？

小傑用烤箱熱了藍莓貝果，沖了一杯阿華田牛奶，吃飽後，抓過頭髮，換上薄長袖襯衫、牛仔褲，再套上新買的白色帆布鞋，就準備出門了。

他跟聖人、阿軍約好，一起去「冬日限定公仔大展」。

三個人在捷運車廂裡閒聊，聖人和小傑都穿著很輕便，阿軍倒是背了個大

包包。

聖人開玩笑問他：「等一下要去公仔展買菜嗎？」

阿軍笑著攤開背包，跟大家分享他帶的東西，除了錢包和手機，匪夷所思的還有零食（又不是要去野餐）、一本 Lily Franky 的《黑輪君》，此外，居然還帶了雨傘。

「今天，應該看得出來是晴天吧……」小傑納悶的看著他。

「不不不，」阿軍說：「你永遠都不會知道，什麼時候會下雨……」

為了防止他在車廂裡表演撐傘的動作，小傑馬上結束了這個話題。

來到了公仔展會場，果然人山人海。三個人先排了長長的隊，兌換預購票的贈品；又好不容易再找到隊伍的尾巴，耐心排隊等待入場。

進到會場後，馬上看到阿軍最愛的豆腐人（To-Fu Oyako），一字排開氣勢十足！聖人愛的則是香港的樹仔（Treeson），非常符合他「愛與和平」的人生目標。沿途不斷出現令人驚喜的小玩意，像是「會劈腿的雞」、「刺青兔」……小傑逛到一攤名為「不被祝福的愛」，覺得太妙了，馬上呼喚兩位夥伴過來。

「是哆啦A夢跟大雄在接吻的T恤耶，果然是不被祝福的愛。」

「他們這樣應該算……人獸戀？」阿軍的著眼點果然與眾不同。

「我覺得……比較大的問題，應該是大雄還未成年吧？」聖人也不是當假的。

但這個話題沒有持續太久，三人馬上又被人潮推著前進到下一攤。

這一次，小傑的視線被緊緊黏住了。因為玻璃櫃裡，擺著三種顏色的原子小金剛，其中一隻古銅色的做工非常精緻，除了質感佳，還保留了小金剛特有的俏皮感。

攤位的老闆熱情介紹著：「我們這一款只進貨兩隻，數量有限，奇貨可居喔！」

小傑一聽到只進貨兩隻，無比心動，但是一看到標價，立刻無比心痛——就算把歷年來所獲得的壓歲錢都投入，還是不夠。

聖人小小聲問：「奇貨可居的意思是？」

阿軍搶著回答：「大概是說，這麼奇特的貨物居然也可以做得出來吧。」

老闆一聽，忍不住笑了。「你很有想像力，不過不是那個意思啦。」

阿軍不好意思的摸了摸頭。

「這個『奇貨可居』，問我們做生意的最清楚了。」老闆好心解釋著：「戰國時代，有個很有名的商人叫呂不韋，他雖然事業成功，但很清楚當時商人的社會地位很低。於是，他想辦法協助在趙國當人質的秦國公子子楚，後來這位子楚順利回到秦國，被立為太子，更繼位當了國君，就邀請呂不韋當他的丞相。從此，大大提升了商人的地位。」

「也就是他押對寶了？」阿軍問。

「沒錯。」老闆笑著說：「因為他看準了那個叫『子楚』的是『奇貨』，相信可以藉由他獲得名利。像很多人購買公仔，除了純粹喜歡、收藏，也有人是抱著投資的心態，因為這些公仔數量有限，以後應該有升值的空間嘍。」

買不起限量版的原子小金剛，小傑還是買了一個盒抽過過癮。

只要自己喜歡的東西，都可以稱得上是「奇貨」吧。

臨走時，竟然還遇到買得不亦樂乎的吳鳳老師。小傑數了一下，老師手上

大概拎了十多個袋子……

阿軍現學現賣，趕緊上前問：「老師，你買了這麼多，是不是打算等以後這些公仔絕版，就奇貨可居啦？」

## 奇貨可居

**【成語小宇宙】**

漢・司馬遷《史記・卷八十五・呂不韋列傳》

呂不韋者，陽翟大賈人也。往來販賤賣貴，家累千金。秦昭王四十年，太子死，其四十二年，以其次子安國君為太子。……安國君中男名子楚，子楚母曰夏姬，毋愛。子楚為秦質子於趙。秦數攻趙，趙不甚禮子楚。子楚，秦諸庶孽孫，質於諸侯，車乘進用不饒，居處困，不得意。呂不韋賈邯鄲，見而憐之，曰：「此奇貨可居。」乃往見子楚，說曰：「吾能大子之門。」子楚笑曰：「且自大君之門，而乃

大吾門！」呂不韋曰：「子不知也，吾門待子門而大。」子楚心知所謂，乃引與坐，深語。

【星子的密語】比喻利用某種專長或有價值的東西來謀利。

【發光相似詞】囤積居奇、操奇計贏

# 色厲內荏

## 阿嬤都已經那麼老了耶！

電話聲無預警的響起。

小傑耳機裡的五月天，在第五首歌和第六首歌的空檔，幾乎不到兩秒鐘的時間，安靜了一下，剛好就聽到了電話鈴聲。

小傑快速將MSN的狀態改為「離開」，衝到客廳，拿起電話。

「喂？」原以為是媽媽打電話回來，交代什麼事，她最近忙著學校裡的活動，已經好幾天都夜歸。

「小傑喔？」沒想到，電話那頭竟傳來熟悉的聲音：「我係阿嬤啦！」

「阿嬤！你怎麼會打電話來？」小傑的閩南語說得不好，大概也是太少練習的緣故，所以只有「阿嬤」兩個字是標準發音，後頭又改回國語去了。

「我會曉啊。」還好，阿嬤在眾多孫子的訓練之下，已經培養相當良好的國語聽力，但她還是說閩南語流利些，「你的電話號碼有八個字，頭前加零二啦，阿嬤已經會曉背。」

上次過年時，阿嬤曾經秀過她的「小抄」，上面有她所寫的幾支電話號碼：打給大伯的，打給姑姑的，還有一個是小傑家裡的。阿嬤自己的姊妹們，也榮登榜上。小傑看著那號碼，噗嗤一笑：「我今馬（現在）有手機啊，你甘欲我的電話號碼？」

阿嬤也笑了：「你罕得有一句臺語講尬這呢標準！不過我的簿仔已經沒所在抄新的號碼啊。」

「還有後壁面（背面）啊！」小傑把紙翻過來。

「啊，對齁，阿嬤攏沒想到。」說著，便把小傑的新號碼也記了上去。阿嬤寫字奇慢，但是跟小朋友的字一樣可愛。

電話裡，阿嬤又問起那個老問題：「你呷飽未呀？媽媽猶未下班喔？」

小傑趕緊說吃飽了。不然阿嬤可能又要用宅急便寄來米糕或麻油雞湯。

「我係欲打電話甲你講，你住在臺北，要注意賊仔，今馬快要過年了，很多賊仔偷，昨日阿伯厝內就遇著一個。」

「是喔？」小傑嚇了一跳：「有沒有怎麼樣？」

「那個賊仔猶擱金少年，看起來緣投緣投（帥帥的），想不到欲學歹，看我一個老大人在厝內，本來擱壞聲壞嘴（口氣很差），叫我緊甲錢攏交出來。我甲伊講，我一個老大人，哪有啥米錢？老命一條，擱活嘛沒幾年啊……」

「阿嬤，你很強，那個是搶匪耶，你還敢這樣跟他說。」小傑真是佩服老人家的勇氣。

「結果，他足袂爽（很不高興），亂七八糟搜衣櫃，衫褲攏呼伊丟落到地上，剛好你大伯轉來，大聲喊：賊仔，好膽莫走！伊驚一下，看到外面已經有警察，整個人緊跪下來。抑是你大伯甲巧（比較聰明），欲轉來厝的時陣，看情勢不對，馬上打電話乎警察啦。」

「沒想到，阿伯比你更強！」小傑說。

電話那頭傳來阿嬤爽朗的笑聲：「好啦，我沒啥米特別的代誌，只是交代你

家己要小心一點。還有，飯要多吃點，攏呷袂大箍（胖），等你過年轉來埔里，阿嬤一定欲煮好料的乎你呷。」

媽媽回家後，小傑轉述了這段「阿嬤遇賊記」，媽媽聽著小傑破爛的閩南語笑到肚子痛，笑完之後，邊按著眼角的淚水說：「唉呀，其實還是滿危險的，還好那個賊色厲內荏，要不然如果真的對阿嬤怎麼樣，那還得了！」

「真的是好險。」小傑說：「不過那個賊並不色啊……他也沒有忍吧。阿嬤都已經那麼老了耶！」

「什麼跟什麼啊！」媽媽笑得更厲害了，「色厲內荏不是那個意思啦。」

「不然呢？」

「從前孔子說，那些翻牆進入別人家裡的盜賊，外表非常嚴厲，內心卻十分怯懦，因為他們在人前看似光明正大，但其實內心很擔心被人拆穿，所以稱他們為『色厲內荏』，也可以用來形容那些表裡不一的人。」

「喔，還有，」小傑露出了無奈的表情，「阿嬤叫我要吃胖一點。她說過年時要檢查。」

「這可糟糕，」換媽媽露出了無奈的表情，「我要怎麼樣才能在短時間內，讓你達到阿嬤的標準呢？」

## 色厲內荏

【成語小宇宙】《論語．陽貨》

子曰：「色厲而內荏，譬諸小人，其猶穿窬之盜也與！」

【星子的密語】形容外表嚴厲而內心怯懦。

【發光相似詞】外強中乾、虛有其表

【黯淡唱反調】外柔內剛、外圓內方

# 削足適履

## 我真是太幸福了！

自從新學期換了體育老師，班上的女同學突然開始熱愛起體育課。

過去每逢體育課，她們不是稱病缺席，就是懶散無力。現在卻連上課時間都還沒到，就一陣騷動：「待會又是體育課耶！」「好緊張又好期待喔！」「真希望學校幫我們多排幾堂體育課！」

原因無他，長相酷似日本男演員妻夫木聰的新體育老師何齊，不僅有著招牌的陽光笑容，興致一來，還會模仿一段韓國偶像團體 Super Junior 的〈Sorry, Sorry〉舞步，他所經之處，總是尖叫聲四起。

為此，別班上不到他的課的女生，還吃味不已。

只是，何齊老師的課，一點也不輕鬆。他會用他充滿元氣的聲音勸說：「大

家平常都久坐教室，運動量不夠，既然難得上體育課，一定要好好訓練你們。多多流汗，才能抒解你們的壓力！」具體做法很簡單，就是每堂課的開端，都要跟著他做體操、跑三千公尺！

過去只要提到跑步，必然哀鴻遍野，說也奇怪，當何齊老師跑在前面，用他好看的笑臉鼓勵著大家：「加油！再兩圈就到了！」「還剩五百公尺，不要放棄！」即使雙腳再痠、鞋子再重，都好像可以繼續支撐下去了。

小傑從小就滿熱愛跑步，可能因為他球類運動不太在行，但是像跑步或游泳，這種能獨力完成的運動，似乎掌握得比較好。

邊跑，阿軍還邊跟他聊天：「喔，我想以前的體育老師要是看到現在的畫面，會傷心死了。」

「為什麼？」小傑問。

「你幾時看過吳美琪願意下場跑步？每一次不是說她肚子痛，就是說她忘了帶運動褲！」

「你還真關心吳美琪。」小傑淡淡的說。

「還好啦……」阿軍沒想到小傑會點破他，顯得有點尷尬：「老師不是說要多多發揮同學愛嗎？我也很關心柯於靈，也很關心聖人啊。我最關心你了啦。」

「你還真好意思說。」小傑故意瞪他一眼。一鼓作氣跑向了終點。是班上前幾名跑完的人。

「吼，幹麼不等我！」阿軍也跑完了，仍氣喘吁吁，就看到不遠處，吳美琪整個人跌到了跑道上。

何齊老師馬上跑了過去，將她扶起來，先跑完的幾個人也過去幫忙，一起將她送到保健室。由於她的膝蓋整個與地面摩擦，破皮流血，老師要她先脫掉鞋子，讓護士阿姨幫她消毒上藥。脫掉鞋子之後，才赫然發現，她的左腳小趾，也隱隱滲著血。

護士阿姨小心的幫她把襪子脫掉，幫傷口止血。

這時，只見何齊老師皺著眉頭，注視著吳美琪的腳和她的鞋子。吳美琪抬頭看見老師雖然有些嚴肅，但帥氣不減的眼神，正望著自己的腳趾，突然覺得有些害羞，腳也在護士阿姨的手裡動了一動。

「吳美琪，」何齊老師問：「你這雙是新鞋子嗎？」

「嗯。」她害羞的點了點頭，原來老師看出來了耶。這確實是她為了上體育課特別準備的一雙鞋子。

「但是，就算是新鞋子，也不至於會讓你的腳流血啊……」老師顯得有些困惑。

「因為，鞋子稍微小了一點。」吳美琪沒有說的是，為了買下這雙她覺得最適合「上何齊老師的體育課」的鞋子，她特別搭了兩趟捷運、跑了三間店，才買到這款式僅剩的最後一雙，只可惜，尺寸還是稍小了一點。但是為了漂亮，考慮了許久之後，仍然決定買下。

「所以是買的時候，不小心買錯了嗎？」何齊老師又問。

「是因為……」吳美琪小小聲的說：「我很想要這一雙。」

「我曾經聽過削足適履的說法，想不到你居然真人演出！」何齊老師語氣中充滿著不可思議。

吳美琪才正要開口發問，膝蓋上的傷口正好擦了雙氧水，她痛得叫了一聲，

然後抖著聲音問：「那……是……什麼……意……思？」

「古代有個驪姬，為了讓自己的兒子當上太子，就挑撥離間，先害死原本的太子，又設法讓晉獻公另外兩個兒子與他失和，逼使他們逃奔出國。其實，骨肉之間本來就有天倫之情，驪姬這種做法就像拿刀子把腳削小，好適合鞋子的尺寸一樣，既愚昧又不合理。」

「哇，老師，你懂好多喔。」吳美琪的眼裡寫滿了崇拜，也顧不得腳痛了，「而且，哪會有人真的那麼傻，拿刀子把自己的腳削小？」

「你為了買喜歡的鞋款，就算尺寸不合，也硬要把腳塞進去，不就是一個血淋淋的例子嗎？」老師看著吳美琪說：「況且，你居然還穿著不合腳的鞋子跑步，這多麼危險！你看你，不就跌倒了嗎？」

吳美琪聽著何齊老師的話，雙眼漸漸泛起淡淡的淚光。

本以為是這番曉以大義的話語，讓她稍微清醒與反悔，沒想到，她慢慢抬起了眼睛，像在演偶像劇一般，「老師，我真沒想到你會為我擔心……我、我真是太幸福了！」

# 削足適履

**【成語小宇宙】**《淮南子．說林》

骨肉相愛，讒賊間之，而父子相危。夫所以養而害所養，譬猶削足而適履，殺頭而便冠。

**【星子的密語】**鞋小腳大，故將腳削小以適合鞋的尺寸。比喻拘泥成例，勉強遷就，而不知變通。

**【發光相似詞】**生搬硬套、殺頭便冠

**【黯淡唱反調】**因地制宜、因時制宜、量體裁衣

# 第二章

# 星星之屋的回憶

# 沆瀣一氣

## 我跟她之間的距離只有零點零一公分。

自從上次阿軍為林國士解圍，偶爾就會看見他們兩個下課時開心聊天的畫面。本以為是阿軍不死心，想持續他「插科打諢」的志業，走近一聽，才發現他們竟然在聊電影！

事情的開始，源於某一次下雨天，當阿軍拿出他的雨傘，帥氣的打開，並且說出那句已經說過一百次的「你永遠都不會知道……」國士竟沒有回他一聲狗吠，也沒有做任何怪表情，而是非常自然的接了「什麼時候會下雨」。

阿軍又驚又喜，撐傘的手停在半空中，就像頒獎典禮上，聽到宣布他獲得最佳男主角時，整個人定格了一樣。

一問之下，才發現國士也看過同一部電影，並且非常熱愛。

「我們最接近的時候，」國士才說了上半句，阿軍馬上接著說：「我跟她之間的距離只有零點零一公分。」說完，兩個人開心得像中樂透一樣，幾乎要擁抱在一起。

最令他們印象深刻的，還有劇中主角狂吃鳳梨罐頭的畫面。才一提到「鳳梨罐頭」，國士和阿軍就又異口同聲的說：「我開始懷疑在這個世界上，還有什麼東西是不會過期的。」默契之好，令一旁觀看的同學瞠目結舌。

因為大家都沒看過那部影片，也不太了解他們到底在說什麼，但國士和阿軍就這樣開始一來一往說著彼此印象深刻的臺詞，而且最神奇的是，每一次對方都幾乎能夠流暢的接招。

最後，神童終於忍不住說：「你們兩個還真是沆瀣一氣啊！」

「啊？」連這個短短的疑問，也幾乎是異口同聲。

神童先用一種「你們有所不知」的眼神，掃射了一下附近圍觀的同學，然後清了清喉嚨，開始解釋：「唐朝有個主考官叫崔沆。放榜後，一個叫崔瀣的考生考上了。當時的習慣是，只要考上了都算主考官的門生。」

「所以，他們其實是父子嗎？他們同姓耶！」阿軍忍不住問。

「你很聰明，發現了重點，但這兩個人並不是父子。其實，他們不但同姓，而且名字裡的『沆』、『瀣』兩個字連起來，正好就是指夜裡的露氣的意思。於是當時的人紛紛談論說他們是『沆瀣一氣』。後來，這說法就用來比喻彼此志同道合、意氣相投。」

「不愧是神童！」聖人佩服的說：「解釋得真清楚。」

柯於靈聽了忍不住問：「既然你們這麼沆瀣一氣，應該很能夠了解彼此吧？」

沒想到，這兩位現代的「崔沆」跟「崔瀣」，又開始互接起臺詞：「其實了解一個人並不代表什麼，人是會變的。」

大家都覺得他們實在太走火入魔了！小傑聽著，卻忍不住細細咀嚼起這句話。

人真的很容易改變嗎？眼前的校園生活，生命中的親人、老師和朋友，都會改變嗎？仔細想想，最大的改變常是因為意外或天災吧？

他想起多年前那一場毀滅性的地震。

那一天，媽媽回外婆家照顧患了急症的外公，家裡只有把鼻和他。

有些印象已經變得模糊，但隱隱約約還記得把鼻在他的耳邊唱歌，要他快些睡。他乖乖的在歌聲中睡著了。直到半夜，一陣巨響傳來，緊接著是劇烈而可怕的搖晃，他醒過來，覺得慌張，開始放聲大哭，要找媽媽，但媽媽不在。仍醒著、正在畫畫的爸爸立刻跑過來抱住他。他們還來不及逃出去，整個屋子就像遊樂場裡最恐怖的遊樂器材，不斷上下搖晃。

分不清過了多長的時間，把鼻緊緊抱著他，那些從四面八方崩落的土石壓在把鼻的身上，把鼻的身體像一個盾，阻擋了那些石頭與灰塵。他不敢亂動，靜靜躲在把鼻懷裡。

直到，把鼻一動也不動。

地震結束了，小傑仍在把鼻的懷裡，動彈不得。他喚著把鼻，把鼻卻沒有理他。從懷抱的縫隙中，小傑看見家裡到處都是散落的石塊，天是黑的，地是黑的，星星也是黑的，就像壞掉了一樣。

他試著回想睡覺前把鼻唱的那一首歌。還想不出完整的旋律，地球又開始

搖晃。

他覺得好害怕，但是把鼻的身體有著熟悉的溫度。

他就這樣靜靜的，在黑暗中等待。

等著，永不結束的夜晚，終於結束……

等著，有人在瓦礫堆中找到把鼻和他……

等著，也許是又一次可怕的餘震……

想起這些的時候，小傑忍不住閉上了眼睛。

緊緊閉著眼睛，他想像自己也是一顆壞掉的星星。

# 沆瀣一氣

**【成語小宇宙】**

宋・錢易《南部新書・戊集》

杜審權，大中十二年知舉，放盧處權。有戲之曰：「座主審權門生處權，可謂權不失權。」又乾符二年，崔沆放崔瀣，譚者稱：「座主門生沆瀣一氣。」

**【星子的密語】**

褒義比喻彼此志同道合，意氣相投。貶義比喻彼此臭味相投。

**【發光相似詞】**

氣味相投

**【黯淡唱反調】**

格格不入、圓鑿方枘

# 與虎謀皮

## 你頭又不大，怎麼一直當冤「大頭」！

過年了。

除夕這天，媽媽帶著小傑回埔里，跟阿嬤、大伯一家人一起吃年夜飯。大伯的家在當年的地震中幸運的逃過一劫。至於把鼻、媽媽過去跟小傑所住的地方，應該仍是一片斷壁殘垣吧。這麼多年了，似乎也沒有勇氣再回去看看它的模樣。

大伯開車到車站去接他們，小傑下車後，一邊拎著特地為阿嬤準備的日式點心，一邊把iPod收進背包裡，才一轉身，看見阿嬤已經站在門口：「在灶腳（廚房）的時陣，聽到這臺車的聲音，我就知影（知道）恁轉來啊。」

埔里沒有臺北那麼陰冷，阿嬤穿著薄外套，看起來很有精神的樣子。

「阿嬤！」小傑高興的上前抱了她一下。只有在見到阿嬤的時候，少年才又

會變回了小孩子。

阿嬤笑得咧開了嘴，「小傑，你愈來愈大漢嘍！頂一擺（上回）擱比阿嬤尬矮，今馬已經比阿嬤尬高了！」

「阿嬤，你每次唸我的名字，都很像是叫我『小姐』，害我很不好意思呢。」小傑有些尷尬的說。

阿嬤笑著說：「唉唷，我國語沒標準，無要緊啦，你聽有就好。」

大伯也幫腔：「她還記得你名字算很不錯了，每次伊要叫我，就會阿俊、阿清、阿昆叫老半天，但是，我明明就叫做阿明！」

阿嬤仍然笑呵呵的，「我親像部隊裡面管阿兵哥的班長，把全部的名都點過一遍，總會點到一個正確的嘛。」

大伯家是透天厝，還有院子，院子裡種些花草，一個小池子養了幾隻錦鯉。晚餐由伯母、媽媽，還有比小傑大兩歲的堂姊之之一起合力完成。

比小傑小一歲的堂弟軒海，則忙著跟小傑玩 Wii Fit 的「呼拉圈」，玩的時候，得踏上平衡板，扭著腰，累積身上的呼拉圈數，然後，時不時還要傾斜身體，

去接憑空拋來的呼拉圈。由於根本就是「空氣呼拉圈」，但是小傑跟軒海緊盯電視，表情嚴肅，很認真的晃來晃去，阿嬤剛好端著花枝丸從廚房走出來，忍不住看著他們哈哈大笑。

年夜飯，按照慣例大家都要吃一株長年菜，祈求「長命百歲」。桌上擺著豪華冷盤、筍干蹄膀、佛跳牆、清燉獅子頭、金莎蝦球、烤鮭魚、雙色炒鮮蔬……伯母特別為小傑炸了雞塊和天婦羅，還有手工製作的提拉米蘇與數種水果當作飯後甜點，整個來說真是太豐盛了。

「真的很好吃耶。」小傑忍不住又挾了一塊蝦球。

「我看你應該整個寒假都住埔里，讓阿嬤好好給你補一下，保證跟軒海一樣福氣啦！」堂姊之之笑著說，順便捏了捏軒海的胖臉頰。

「就是說呀，你看他一天到晚玩 Wii Fit，還是這麼『豐滿』。」伯母也加入了揶揄的陣容。

還好，軒海仍然笑咪咪的吃著蹄膀，真是個開朗的孩子。

飯後，說了吉祥話，領了紅包，大家開始玩「牌七」，也就是接龍。這可是

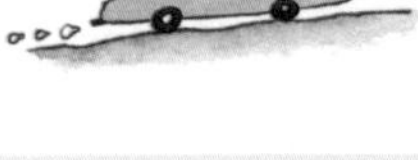

為了遷就相當「肉腳」的小傑，因為他只會這個。

於是，東西南北，分別坐著大伯、之之、軒海、小傑。大家爾虞我詐往來了數個回合。每一次，「大頭」要賠三十元，「中頭」賠二十元，「小頭」賠十元。連著幾次都是贏家的大伯，手邊已經堆了高高的一疊硬幣。而小傑用紙鈔跟阿嬤換的零錢，則漸漸見底。

之之忍不住說：「小傑，你頭又不大，怎麼一直當冤『大頭』！」

小傑顯得相當無奈：「都是大伯太厲害了啦。」

大伯笑著說：「想要玩牌七贏我，你們根本是與虎謀皮吧。」

才說著，軒海就又苦惱的蓋上一張牌，邊抱怨：「吼，到底是誰把黑桃七藏起來了啦！」接著又問：「什麼是雨虎魔皮？是說你像雨天的老虎一樣頑皮嗎？」

之之不假思索的說：「還有誰會比你皮？」

「大過年的，就別拌嘴了吧。」大伯笑著解釋：「周朝有個人很喜歡皮衣，也喜歡美食。有一次，他想製作一件昂貴的皮衣，還想辦一場有很多羊肉的盛宴，於是分別去和狐狸和羊商量。他話都還沒說完，所有的狐狸就都快快逃往

深山，所有的羊兒也彼此呼叫著，躲進了樹林裡。結果，這個人皮衣沒做成，羊肉盛宴更沒戲唱。這是為什麼呢？因為他找錯了商量的對象。」

「他很笨！」軒海笑說：「用腳想也知道那樣沒用。」

「所以，與『狐』謀皮，就慢慢發展成與『虎』謀皮，跟狐狸要牠的皮都沒用了，跟老虎要，當然牠更不肯啊。就像，人稱『埔里賭神』的我，怎麼可能玩牌輸給你們三個小毛頭？」解釋完畢，大伯才神祕兮兮亮出他手上最後一張牌，正是大家久候不至的黑桃七。

大家開始清算自己手上累積的點數——軒海「小頭」，之之「中頭」，小傑又當了一次「大頭」。

而窗外，正好響起了爆竹賀歲的熱鬧聲音。

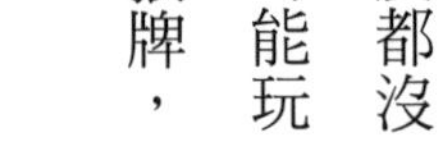

# 與虎謀皮

## 【成語小宇宙】

《符子》（據《太平御覽．卷二〇八．職官部．司徒下》引）

魯侯欲以孔子為司徒，將召三桓而議之，乃謂左丘明曰：「寡人欲以孔丘為司徒而授以魯政焉。寡人將欲詢諸三子。」左丘明曰：「孔丘，聖人與！夫聖人在政，過者離位焉，君雖欲謀其罪，弗合乎！」魯侯曰：「吾子奚以知之？」丘明曰：「周人有愛裘而好珍羞，欲為千金之裘而與狐謀其皮，欲具少牢之珍而與羊謀其羞。言未卒，狐相率逃於重丘之下，羊相呼藏於深林之中。故周人十年不制一裘，五年不具一牢。何者？周人之謀失之矣。今君欲以孔丘為司徒，召三桓而議之，亦以狐謀裘，與羊謀羞哉。」

**【星子的密語】** 比喻所謀者與對方有利害衝突，事情必辦不成。

**【發光相似詞】** 虎嘴拔毛

**【黯淡唱反調】** 探囊取物、反掌折枝、手到擒來

# 秉燭夜遊

## 你的蠟燭應該很快就燒光了。

新年假期，到處都是人。埔里也塞滿了來自各地的遊客。平常安靜的小鎮，有著過分的喧囂。於是，吃過阿嬤特製的碗粿當早餐後，大伯開口問大家：「要不要一起去雲林古坑喝咖啡？」

「喝咖啡，有必要跑那麼遠嗎？」伯母忍不住說：「我去市場旁邊那間『迷咖』幫你買一杯，看你要拿鐵還是卡布其諾都沒問題。」

「不免去『迷咖』，我『灶腳』幫你泡一杯就金讚啊。」想不到，阿嬤也會說冷笑話。小傑噗嗤一聲笑出來。

但是，過年一直待在家也挺無聊的，大家終於還是接受了大伯的建議，開車上路。天氣不錯，也沒有特別塞車，小傑一耳聽 iPod，一耳聽大家聊天；之

之在看書；伯母跟媽媽在交換美白心得；阿嬤在吃茶梅；大伯跟著電臺的音樂，哼著不成調的歌；軒海在……打呼。

繞了些山路，終於抵達古坑。毫無意外的，滿滿的，都是人。好不容易找到了停車位，又好不容易擠進一間三層樓高的咖啡館，號稱是古坑地區最早開始種咖啡樹的。在店裡，之之、軒海、小傑搶著幫忙端咖啡，一家人坐在山谷之間，冬日溫暖的陽光照拂著，阿嬤看著大家都到齊了，一臉滿足，雖然偶爾也會不小心透露出一點傷感。

「以前最愛飲咖啡的，就是阿程啦。」阿嬤回憶著小傑的父親，「逐擺（每次）攏半暝飲咖啡，畫圖畫到天光。叫伊莫飲遐呢多（那麼多）咖啡，攏講不聽。透早起床，問伊欲呷啥米？伊攏講伊飲一杯咖啡就好。」

「難怪！」媽媽笑著說：「我們結婚後，什麼電鍋、烤箱、熱水瓶，他都覺得沒有一定要買。一心要挑一臺專業咖啡機。真的是只要喝咖啡就會飽了。」

「阿程最愛說咖啡是他的靈感啦。」大伯笑著說：「不過他的圖畫得真是好。如果說埔里的名產是藝術家，我看我們家的名產就是他的畫了啦。最近，還有

人跟我聯絡，想幫他再辦個展。」

把鼻的畫，真的是很棒——小傑忍不住也覺得與有榮焉。

離開古坑之後，大伯又帶大家去吃山產，還路過一個相當詭異的遊樂場，裡面住著很多動物，賣自製冰淇淋。於是大家搭著古早時代的小火車，去看動物，看完再吃冰。天色大黑才終於回到埔里，本以為就要打道回府，大伯卻繞過臺灣地理中心碑，繼續往山路開去。

「三更半暝，不轉去厝內睏，是欲去佗位（哪裡）？」天一暗，阿嬤的眼睛就弱。

「耶！我還不想回家！」軒海不打呼了，精神很好。

小傑看著窗外漸高的地勢，遠方似乎有燈火。

「人生在世，有機會就要秉燭夜遊。」大伯輕快轉著方向盤，又繞了一圈山路。

「什麼油？我們的車沒油了嗎？」軒海問。

「你真的很豬耶，老爸是叫你要及時行樂。」之之忍不住敲了軒海的頭。

「很痛耶，不要弄我啦。」軒海又問，「為什麼要及時行樂？是說想玩 Wii Fit 就一直玩的意思嗎？」

「因為難得過年，所以才想說應該秉燭夜遊。」大伯笑著說：「你要是每天都玩 Wii Fit，我想你的蠟燭應該很快就燒光了。」

車子停在虎頭山上。大家陸續下車，小傑貼心的攙扶著阿嬤。風有些大，但是一走到平臺上，往下一眺，每個人不約而同「哇」了一聲。

「好美喔！」小傑忍不住讚嘆。

「我想，你難得回埔里，應該讓你看一看我們的夜景。」大伯說：「以前漢人陸續遷入埔里，泰雅族人在夜裡從高處往下一看，萬家燈火，好像天上的星星一樣，就把埔里取名為『星星之屋』。現在，虎頭山是有名的飛行場喔。天氣好的時候，會有很多人來這裡練習飛行傘。」

小傑站在媽媽身邊，聽著大伯的介紹，想像空中布滿飛行傘的畫面，彷彿被什麼觸動了，鼻頭有點酸酸的。

原來，他曾經和把鼻一起住過的地方，是一間星星之屋嗎？

# 秉燭夜遊

【成語小宇宙】〈古詩十九首．生平不滿百〉

晝短苦夜長，何不秉燭遊。

【星子的密語】感嘆時光易逝，須在夜裡持燭及時行樂。

【發光相似詞】及時行樂

【黯淡唱反調】聞雞起舞

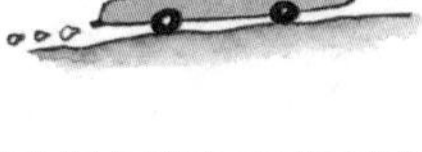

# 色衰愛弛

## 因為他把我畫成一棵樹。

回到了臺北，媽媽和小傑開始整理把鼻的畫作。既然要舉辦個展，媽媽希望把他幾個不同階段的特色都表現出來，也讓大家能記得曾經有過這樣一位藝術家。

邊整理著畫，媽媽邊跟小傑分享每一幅畫背後的故事。

「你看這幅，是那時把鼻要追我的時候畫的，他畫了一棵大樹，然後說那棵樹是我，我心裡面很緊張，想說他是在暗示我太『壯』嗎？」

小傑說：「你們兩個很爆笑耶。」

「後來他才解釋，因為我讓他感覺很安心，像一棵樹一樣。」

小傑看著那棵樹，用各種顏色的水彩塗抹而成，是一棵很溫柔的樹。

「後來我答應他的追求，也是因為他把我畫成一棵樹。我想，既然我在他心裡的形象是樹，就沒有所謂色衰愛弛的問題了吧。」

「色摔愛池？把顏色摔進愛的池子？」小傑問。

「不是的。」媽媽說：「這話的意思，是指靠著美麗的外表獲得愛情的人，一旦老了、醜了，當初那一份愛也就跟著變質了。」

「聽起來很深奧的樣子。」小傑似乎還是沒有辦法真正體會。

「還有這幅，看得出來把鼻在畫你嗎？」媽媽把畫遞給了小傑。

「呃，」小傑尷尬的說：「還好。」

因為畫紙上，明明就畫著一隻貓。

「把鼻說你剛出生時，每天半夜哭著要喝牛奶，簡直像小貓咪一樣。」

「所以你都半夜起來泡牛奶給我喝嗎？」

「我才爬不起來哩。」媽媽紅著臉說：「那時候我剛進學校教書，坐完月子去上班，每天都有忙不完的工作。回到家，好不容易把你哄睡，我就累到不行了。半夜你在哭，我完全聽不到。」

「所以……你們就讓我餓肚子？」小傑瞪大了眼：「好狠心喔。」

「當然不是啦。把鼻那麼疼愛你，你一哭，他就慌，偏偏你又不喜歡用奶瓶。」

「不用奶瓶要怎麼喝？」

「用碗公啊！」媽媽笑著說：「把鼻就手忙腳亂的舀奶粉，沖熱水，又嫌燙，還得餵你喝……」

小傑想像著那畫面，不知道碗公會不會也沾到一點顏料？

好不容易，將畫都分類、打包完畢，天色也晚了。媽媽說：「來不及煮晚餐了，去吃麵吧？」

母子倆又來到牛肉麵館。新春時節，門口擺了一盆水仙，花開了，增添幾分雅緻。老闆娘笑著問：「今天，還是一樣嗎？」

小傑和媽媽同時點了頭。麵端上桌，小傑呼嚕呼嚕吃著，媽媽吃得慢些；小傑都快吃完了，忍不住對媽媽說：「吃飯的時候，不可以心有鴻鵠喔。」

媽媽看著小傑吃完了古早味牛肉麵，也將甜點吃光了，終於像是鼓足了勇

氣似的開了口：「小傑，其實，我有事想跟你說。」

「什麼事？」小傑喝了一口茶，「你要不要先把麵吃完再跟我說？」

「沒關係，我好像沒什麼胃口。」媽媽放下了筷子，「本來這次去埔里，我一直希望有機會跟阿嬤和大伯他們說，但又想到還沒有跟你提過，因此，最後我什麼都沒有說……」

似乎是一件很嚴肅的事。小傑坐直了身子。媽媽要說什麼呢？

「你記得那位見過幾次面的王十勤叔叔嗎？」

「開計程車的司機叔叔嗎？」小傑眼裡閃過一絲猶豫，像是被什麼預感抓住，他說：「我有印象。」

「其實這幾年，我跟他就像朋友一樣。」媽媽說：「你知道，就是除了搭他的車上、下班，這半年來，偶爾我也會私下跟他見面。」

所以，有時候媽媽夜歸，也不是忙著學校的事嘍？跟朋友去山上玩，也是跟王十勤叔叔一起去嘍？一時間，許多念頭在腦中飛快跑過，小傑無法一一掌握。

「王叔叔年紀跟我差不多。過年前，他問我，可不可能考慮和他共組一個家庭？」媽媽的話還沒有說完，小傑就霍地站了起來：「那把鼻怎麼辦？」

小傑想起那一棵樹，一棵不會色衰愛弛的樹，把鼻很愛媽媽的啊。

「把鼻已經過世很多年了，我……」媽媽也語塞了。

小傑望著媽媽，他不是不希望她過得快樂，只是，只是沒想到當改變到來，心裡面有種無法解釋的抗拒，像潮水一樣淹滿整個身體。

不知怎麼，他想起了那天阿軍和國士背誦的臺詞，「其實了解一個人並不代表什麼，人是會變的。」

忽然，他覺得媽媽好陌生。人果然是會變的。

眼睛一熱，淚水不爭氣的掉了下來，視線也模糊了。

小傑聽不見媽媽接下來說的話，轉身跑出牛肉麵館，用他所能夠的、最快的速度，跑進城市的黑暗之中。

# 色衰愛弛

**【成語小宇宙】**《韓非子．說難》

昔者彌子瑕有寵於衛君。衛國之法，竊駕君車者罪刖。彌子瑕母病，人聞往夜告彌子，彌子矯駕君車以出，君聞而賢之曰：「孝哉，為母之故，忘其刖罪。」異日，與君遊於果園，食桃而甘，不盡，以其半啗君，君曰：「愛我哉，忘其口味，以啗寡人。」及彌子色衰愛弛，得罪於君，君曰：「是固嘗矯駕吾車，又嘗啗我以餘桃。」故彌子之行未變於初也，而以前之所以見賢，而後獲罪者，愛憎之變也。

**【星子的密語】**指靠美貌得寵的人，一旦姿色衰老，就會遭到遺棄。

**【發光相似詞】**色衰愛寢、秋扇見捐

**【黯淡唱反調】**永結同心、白頭偕老、連理交枝

# 玩歲愒日

## 一塊一塊將零散的碎片拼成完整。

小傑跑出牛肉麵館，使勁的跑著，跑過了好幾條街，才發現自己腦袋一片空白。眼前的道路是熟悉的，卻也是陌生的，該去哪裡才好？心裡似乎有一種情緒在發酵——不想回家。因為還不知道該怎麼跟媽媽相處。是一種……被背叛的感覺嗎？小傑也說不上來。

眼前赫然出現了「老地方」的招牌。幾個正紅色的英文字母，寫在奶油黃的底色上，平常總愛和阿軍、聖人來這裡聊天的。想起了他們，也想起自己身上根本沒帶錢，連要進去買杯可樂，坐下來思考一下也不可能。

看來，只好去投靠他們了。

不過，小傑從來沒去過聖人家，仔細想來，對他家的一些細節也不太了解。

比方說他家裡有幾個兄弟姊妹、爸爸媽媽做什麼工作，似乎都沒聽聖人提過，也許因為他本身就已經是一個太耀眼的存在吧。

阿軍家倒是去過好幾次。離「老地方」不遠，樓下是間自營的影碟出租店，一家人住在樓上。阿軍有兩個哥哥，但年紀與他差距頗多，一個在當志願役，一個在外地念大學。影碟出租店是他媽媽經營的，他的爸爸在工業區一間公司當經理，是個看起來很有威嚴的人。由於他的爺爺、奶奶都過世了，家裡人口很簡單。小傑也曾借住過阿軍家一、兩次。

小傑邊考慮著，邊有些緊張的往阿軍家走去，心想萬一阿軍不在家，可怎麼辦！直到看到影碟出租店的招牌亮著，小傑才鬆了一口氣。

「趙媽媽好，我想找一下趙其軍。」小傑怯怯的走近了櫃臺。

趙媽媽一看到小傑，開心的拿櫃臺上的糖果給他吃，要他自己上樓。

敲了阿軍房間的門，阿軍看見是小傑，驚訝的說：「哇，你從埔里回來了喔？」小傑點了點頭，默默的走了進去，地上擺著一大堆散落的拼圖。

「阿軍，今天可以借住你家嗎？」

「好啊好啊，我快無聊死了！」阿軍興奮的說：「你先幫我一起拼這邊。」

小傑看著已完成的部分，是一個戴著墨鏡的金髮女人，阿軍正在拼的部分，則是中文字的「重」、「慶」，畫面有一種復古的情調，但看不出來是什麼。小傑蹲下來，看著阿軍的手來回比對、挑選著，一塊一塊將零散的碎片拼成完整。

「吼，你光看，都不動手！」阿軍抱怨：「一起拼比較快啦。」

小傑伸手拿了一塊拼圖，停在半空中，思索了很久，始終沒有放下去。

「發什麼呆啊？」阿軍用手在他眼前揮了揮，「你今天不太對勁喔。」

「可以像你這樣，沒有煩惱，快樂的拼著拼圖，真好。」小傑說。

對於突如其來的稱讚，阿軍突然有點尷尬，「我怎麼會沒煩惱，我不過是拼個圖，我爸就嫌我玩歲愒日……」

「萬歲慨日是什麼？」

「我也是反問他玩歲愒日是什麼？他就把報紙往桌上一丟，眼睛瞪得很大，說我都不讀書，連玩歲愒日是『貪圖安逸、虛度光陰』都不知道！」阿軍嘆了口氣：「所以，我就把拼圖搬回房間，躲起來拼，省得又被他唸。」

小傑邊聽著，思考著什麼似的，邊把手上那片拼圖丟回去，「如果我媽打電話找我，別說我有來喔。」

「為什麼？」阿軍說：「你今天真的怪怪的。讓我猜猜看……該不會是失戀了吧！」

「什麼鬼！」小傑幽幽的說。

「說到失戀，我可以說是你的前輩了。」阿軍馬上搖身變為「過來人」，將手搭在小傑肩上，又開始背起他最愛的那部電影的臺詞：「每個人都有失戀的時候，而每一次我失戀呢，我都會去跑步，因為跑步可以將你身體裡的水分蒸發掉，讓我不那麼容易流淚……」

小傑還來不及抗辯，阿軍就放下了拼圖，拉著他的手，「走！我陪你去跑步！」

# 玩歲愒日

【成語小宇宙】東漢．班固《漢書．卷二十七．五行志中之上》

趙孟將死矣！主民玩歲而愒日，其與幾何？

【星子的密語】意指貪圖安逸，虛度光陰。

【發光相似詞】無所用心、飽食終日

【黯淡唱反調】孜孜不倦、夜以繼日、焚膏繼晷

# 野人獻曝

## 他以為全世界只有他知道晒太陽可以取暖……

拗不過阿軍，小傑硬是被拉到一個鄰近的大公園，兩人並肩站在一棵好幾層樓高的樟樹下，阿軍帥氣的做出預備姿勢，「這裡沒有跑道，將就一下嘍。」說完，他一馬當先衝了出去，邊跑還邊說：「快！比賽看誰先跑到溜滑梯那邊！」

雖然有點莫名其妙，卻又不甘心輸給阿軍，小傑也隨即追趕，很快就趕上了阿軍。沒想到，快跑到溜滑梯時，阿軍又說：「來回跑十趟才算喔！」

兩個人就這樣在春天仍帶點寒涼的夜裡，一趟又一趟的跑著，跑得氣喘吁吁、滿頭大汗。最後，阿軍率先抵達終點，小傑則差了兩步。

「耶！獲勝！」阿軍揩去額頭上的汗水，比出勝利的手勢。

「我們……到……底為……什麼……」小傑邊喘邊說：「要這樣跑啊……我，

我又沒失戀……」

「蝦密！」阿軍拍了一下他的頭：「我還想說我野人獻曝，跟你分享我的失戀特效藥。」

「也人現鋪？」小傑還在喘，「是說……你床鋪……要借我睡嗎？」

「嘿嘿，你不懂吧！」阿軍很得意：「其實我本來也不懂啦，是神童教我的。據說以前有個很窮的農夫，他以為全世界只有他知道晒太陽可以取暖，打算把這個『發現』稟報給國君，想因此獲得重賞，結果，當然是被大家取笑到不行啦。像這種因為見識淺薄，只能提供一些無聊意見的，就叫做野人獻曝。」

「原來如此。」

「不過這句話也可以是一種謙虛的用法，你應該聽得出來我剛剛是謙虛的吧！」

小傑喘完了，淡淡的說：「還好……」

「那你既然不是失戀，不然是怎麼了？」阿軍問：「你今天真的有點怪怪的。」

「我……」小傑欲言又止，想了一下，終於說：「之前沒有跟你說過，其實，我爸爸在我很小的時候就過世了。」

「難怪從來沒聽你提過他，你每次都只會提到你媽媽。我也不好意思多問，本來以為你爸跟你媽離婚了。」

「是因為九二一大地震的關係，所以，我爸才過世了。」小傑說。

「那次地震真的超可怕的。」阿軍說：「那時候我還很小，我記得我媽後來有好長一段時間都要開燈睡覺，她說不知道什麼時候會再地震。」

「那次地震我家全毀了。」小傑說：「之後，我媽就帶著我離開埔里，上臺北重新展開生活。」

「這麼說來，要不是九二一大地震，我們也不見得會變成同學，更別說變成好朋友了！」阿軍忍不住又要背出他最愛的電影臺詞：「每天你都有機會跟別人擦身而過，你也許對他一無所知，不過也許有一天，他可能成為你的朋友或者知己……」

聽著阿軍背誦的電影口白，小傑說：「記得嗎？你曾經背過一句『其實了解

一個人並不代表什麼，人是會變的』。今天我媽突然跟我說，她可能會再跟別人結婚。」

「是喔！」阿軍小心翼翼的問：「你不希望嗎？」

小傑沉默了一會兒，沒有回答。

橘色的路燈照著他們所站的遊戲區，地上鋪著黑色軟墊，除了溜滑梯，還有幾隻造型有點滑稽的塑膠玩具，一座鐵製爬梯、一排單槓、一架鞦韆……小傑坐進其中一個鞦韆，就這樣盪了起來，忽高忽低的。

阿軍也坐進另一個鞦韆。兩個人比賽誰盪得高。盪著鞦韆的時候，好像暫時擺脫了地心引力，也擺脫了一些煩惱。雖然，終究還是要回到地面。

小傑從鞦韆上一躍而起，轉身用手將晃動中的鞦韆抓住，「我真的不知道怎樣比較好。」

「不然我們去問問聖人好了？」阿軍靈機一動：「『聖』人獻曝，再怎麼說，也比野人獻曝好一點吧！」

# 野人獻曝

## 【成語小宇宙】

《列子．楊朱》

昔者宋國有田夫，常衣縕黂，僅以過冬。暨春東作，自曝於日，不知天下之有廣廈隩室，綿纊狐貉，顧謂其妻曰：「負日之暄，人莫知者；以獻吾君，將有重賞。」里之富室告之曰：「昔人有美戎菽，甘枲、莖芹、萍子者，對鄉豪稱之。鄉豪取而嘗之，蜇於口，慘於腹，眾哂而怨之，其人大慚。子，此類也。」

## 【星子的密語】

比喻平凡人所貢獻的平凡事物。

# 鶉衣百結

## 只是需要一點時間來調適。

決定找聖人一起討論之後，阿軍對小傑說：「不如，我們直接殺去他家？」

「這樣不好吧。」小傑有點為難：「你忘了他常說，『驚喜與驚訝只有一線之隔。』況且，我也不知道他家的正確位置。」

「我去過一次。」阿軍說：「有一回已經說掰掰了，我才想起來要還他東西，就騎車趕上他，後來一路跟到他家。」

兩個人慢慢散步到聖人家的巷子口，阿軍才拿出手機，撥電話給他。「聖人！恭喜發財，紅包拿來！我在你家樓下，快下來迎接我。」

小傑聽不見電話那頭說了什麼，只看見阿軍吐了吐舌頭，「好啦，我們等你。」

掛上電話後，阿軍說：「他說，要等他二十分鐘，我們先去便利商店買飲料。」兩個人都選了運動飲料，幫聖人買了罐熱紅茶，在店裡附設的位子上坐著等他。

結果，過了二十分鐘，聖人還沒有出現，他們只好很無聊的觀望著商店外的行人。便利商店的玻璃窗就像電影院的銀幕，播放著真實的人生。

小傑的目光被兩個奇特的人吸引。他們穿著工作服，外罩反光背心，戴著耳罩，手上握著一根長長的鐵桿，下緣接著一片圓形金屬器，貼著地面前進，並發出「科、科、科」的聲音。看了半天，看不出到底在幹麼。於是，他用手推了推阿軍，示意他看。

「是在偵測有沒有地雷嗎？」小傑想了很久之後問。

「可能是在幫地球看病吧。」阿軍給了個詩意但不負責任的答案。

奇特的人剛走遠，跟在後頭登場的是一個流浪漢。比較驚人的是，他全身上下的衣服，充滿各式各樣的破洞，褲腳還一高一低的，沒穿鞋，緩緩走向一個等候公車的小姐，不知道對小姐說了什麼，小姐搖了搖頭，就走開了。

「他的衣服實在是……破得太澈底了。」阿軍下了結論。

「對呀，我們這裡偶爾會出現一些鶉衣百結的人。」聖人的聲音從後頭飄出。

「你神出鬼沒耶！」小傑驚訝的回頭望他。

「是你們看得太出神，根本沒發現我已經走進來，店員還喊了『歡迎光臨』哩！」聖人不疾不徐的說。

「所以，像你這樣突然出現，就是你剛剛說的那個什麼『純一百潔』嗎？你們這裡真的很妙，我只聽過『純潔』，還真沒聽過『純一百潔』。」阿軍說。

「無知是毀滅的預告片。」聖人拍了一下阿軍的頭，「所謂的鶉衣百結，指的是衣服破爛不堪。因為鶉鳥尾巴光禿，就像縫補過許多次的破衣服一樣——我是在回應你剛剛看到的那個流浪漢啦。」

「你看，聖人懂很多吧，找他來就對了！」阿軍邊說，邊看了看手錶：「不過，你會不會也太會摸，出個門要打扮三十分鐘？」

「誰說我在打扮？」聖人沒好氣的說：「誰教你那麼會挑時間，我剛好在幫我爺爺洗澡。」

「幫你爺爺洗澡？」小傑和阿軍同時睜大了眼睛。

「對呀。」聖人說：「我爺爺的膝關節嚴重退化，走路不方便，也沒辦法自己洗澡。本來我們請了一個菲傭幫忙，但她過年期間回國了。」

「所以家裡只有你和爺爺？」小傑問。

「我媽在我國小的時候，跟我爸離婚，就搬走了，難得跟我們聯絡，可能是怕傷心吧。我爸則一直在上海做生意，很少回臺灣。像今年，趕回來吃了年夜飯，大年初二又飛回去，我懷疑他在那邊另外還有一個家……說不定我其實還有弟弟、妹妹呢。」

小傑驚訝的聽著。難怪聖人這麼獨立，又鮮少談起家裡的事。

「你們怎麼突然想到來找我？」聖人說：「不會真的是來要紅包的吧？」

阿軍很快的將來龍去脈解釋了一下。聖人專注的聽著，然後，用他超級有說服力的口吻說：「不管怎樣，最重要的是別讓你媽媽擔心。小傑只是需要一點時間來調適。」

「是嗎？」小傑問。

「時間是隱形的藥。」聖人說：「我媽剛搬走時，我每天都好生氣。氣我媽，氣我爸，氣老師，氣同學，氣爺爺，氣我的鉛筆盒，氣我的書桌。好一陣子什麼東西都不吃。」

「後來呢？」阿軍問。

「後來才發現，不管你多生氣，世界都不會改變。」聖人說：「從那時候起，我就知道，唯一能改變的，只有自己。」

阿軍邊聽，邊點頭如搗蒜，對小傑說：「那我先跟你媽媽聯絡一下，別擔心，你想住我家幾天都可以。」

小傑望著阿軍和聖人，忽然覺得：自己是不是太不成熟了？

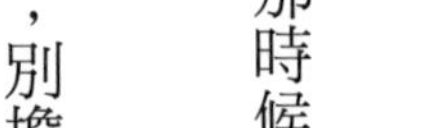

# 鶉衣百結

【成語小宇宙】

「鶉衣」：《荀子．大略》

子夏貧，衣若縣鶉。子曰：「子何不仕？」曰：「諸侯之驕我者，吾不為臣；大夫之驕我者，吾不復見。柳下惠與後門者同衣而不見疑，非一日之聞也。爭利如蚤甲而喪其掌。」

「百結」：晉．王隱《晉書》（據《藝文類聚．卷六十七．衣冠部．衣裳》引）

董威輦每得殘碎繒，輒結以為衣，號曰百結。

【星子的密語】

形容衣服破爛不堪。

【發光相似詞】

衣衫襤褸、懸鶉百結

【黯淡唱反調】

衣冠楚楚、西裝革履、綽有餘裕

# 巴蛇吞象

## 別客氣，這麼多東西我吃不完啦。

為了不讓小傑苦陷於悶悶不樂的情緒，阿軍約了聖人一起去動物園玩。

他們約好在捷運站碰面，到了約定時間，人也到齊了，阿軍卻頻頻看著手錶：「再等一下下就好。」

眼看著又過了一班車，小傑正想問阿軍到底在「搞什麼」，竟然看見柯於靈的身影從轉角處小跑步過來。

「不好意思！我遲到了。」柯於靈連忙跟大家道歉：「剛要出門前，我妹纏著我，幫她找她要的貼紙，就耽誤了時間。」

「這……」聖人和小傑實在太驚訝，於是指著柯於靈望向阿軍問：「她……」

「唉唷，」阿軍連忙解釋：「因為那天她來我家租影碟，我就順便問她要不

要一起去動物園。我怕她臨時反悔，才沒先跟你們說啦。」

「原來你們都不知道啊。」柯於靈擔心自己是個不速之客，「可以讓我參加嗎？」

「你願意一起去，當然很好啊。」聖人說，還推了推小傑，「對吧？」

「對啊。」小傑有些害羞的望著她。一些日子沒見，她似乎又變得更漂亮了。長長的頭髮用一個髮結隨意綰起來，衣服是多層次的白色和淺藍色，外面罩著一件碎花的羊毛薄外套，笑起來總是那麼甜。

一行四人到了動物園之後，決定先搭遊客列車到山頂。排了隊，上了車，等遊客列車緩緩開動，陽光從樹葉間篩落，兩側有著大型蕨類，風吹動著柯於靈的髮絲，她伸手把幾綹遮到眼睛的髮絲撥開。

「我們會先看到什麼動物？」她問。

聖人低頭研究地圖，「我們先去企鵝館，然後再去兩棲爬蟲動物館。」

「太好了！」阿軍完全是隨和，或者……隨便。

小傑則有些怔忡的望著柯於靈，真不敢相信，竟然會和她一起逛動物園！

才想著，企鵝館就到了。大家都趴在玻璃上，觀看企鵝擺動身子，有些笨拙又有些靈活的樣子，真逗趣。

「國王企鵝的黃色耳斑跟下顎好可愛喔。那種黃色感覺很神祕，好像很難在調色盤上調出來。」小傑說。

「不知道他們會不會想家？」柯於靈問了個有點傷感的問題。

告別了企鵝，一行人移動到兩棲爬蟲動物館，那裡有可愛的印度星龜、相當不好惹的小丑箭毒蛙……此外，占最大宗的就是蛇！不管是大名鼎鼎的百步蛇、來自北美洲的西部豬鼻蛇、中國眼鏡蛇，全都以牠們的特殊斑紋令人感到畏懼，卻又深深吸引了人們的目光。

小傑跟在柯於靈旁邊，偷偷觀察她的表情，一臉又愛又怕的樣子。

看完之後，大家信步往山下移動，阿軍忍不住喊餓：「我今天來不及吃早餐啦。所以，好餓喔，現在超想吃熱狗、大薯、可樂、雙層吉士牛肉漢堡……老實說，我覺得現在的我甚至還吃得下麻辣鍋、燒酒雞、烤牛排、排骨便當、燒肉粽……」

「我看你根本是巴蛇吞象。」聖人取笑他。

「巴蛇？」阿軍問：「剛剛我們有看到這種蛇嗎？」

「巴蛇是四川的巨蟒，」聖人解釋：「相傳古時有巴蛇能吞食大象，經過三年，象的骨頭才被吐出。後來，這句話就被用來比喻人的貪心。」

「我……我只不過是肚子餓而已。」阿軍委屈的為自己辯解。

為了避免阿軍因為肚子餓而吃掉動物園裡的動物，大家火速前往他所指定的速食店，點了一大堆他剛剛唱名的食物，找了空位坐下來。阿軍把薯條倒出來，跟大家分享：「別客氣，這麼多東西我吃不完啦，我又不是巴蛇。」

「那可說不定！」聖人故意笑著說：「你可別沒吃飽，待會又喊餓。」

沒想到，柯於靈喝了口可樂後，突然對聖人說：「其實，剛剛聽你說巴蛇吞象，我覺得很有感觸。」

「為什麼？」聖人驚訝的問：「該不會你也想吃麻辣鍋、燒酒雞、烤牛排、排骨便當、燒肉粽……」

「不是啦。」柯於靈咬著可樂的吸管，想了一會，說：「因為我爸爸曾經是

個成功的企業家，一心想要賺更多的錢。媽媽總是勸他，有比錢更重要的事。爸爸卻冷笑著反駁了她，還說，有錢不賺，難道是傻子嗎？」

「看來你爸跟我爸一樣，把工作看得比家庭重要。」聖人說。

「那時，我媽也是說他巴蛇吞象。」柯於靈說：「他氣得摔門離開。沒想到，最後他投資的一大筆錢，全都賠掉了。」

「是喔？」阿軍邊咬著漢堡，邊驚訝的張大了嘴。

「後來，他又回到之前小本經營的狀態，也許賺的錢沒那麼多，」柯於靈說：「可是，不再沒日沒夜的忙碌，也多了點時間陪我們，我反而覺得這樣更好。」

小傑默默聽著，沒有說話。原來，每個人都有一個不為人知的故事啊。

不知道，像他這樣，既希望媽媽獲得幸福，又不那麼希望媽媽再嫁，會不會也是因為心裡養了一條巴蛇？

# 巴蛇吞象

**【成語小宇宙】**《山海經・海內南經》

巴蛇食象，三歲而出其骨。

**【星子的密語】**四川巨蟒想吞食大象。比喻過分貪心。又作「人心不足蛇吞象」。

**【發光相似詞】**得寸進尺、貪得無厭

**【黯淡唱反調】**知足無求、知足常樂

# 生靈塗炭

## 感激像這樣的太平年代。

整個晚上，一直盯著把鼻畫的那一幅素描，視線在同一處停留過久，終於漸漸模糊起來……小傑別過眼睛，打算去廚房倒杯水喝。

打開門，才發現媽媽縮在沙發上看電視。從阿軍那裡搬回自己家後，他和媽媽就一直維持著一種禮貌、客氣的狀態。媽媽絕口不提再婚的事，他也沒再多問。雖然知道，問題其實沒解決，就像一張白紙上的透明水漬，那麼淡，但存在。

媽媽看見小傑出來倒水，便問：「想吃葡萄嗎？我來洗。」

小傑咕嚕咕嚕喝著水，說：「還好。」

「要不要看電視？」媽媽問。就像過去許多個夜晚，他們並肩窩在沙發上，

看影集、卡通，或新聞。有時一起大笑，有時感動流淚，有時不懂，他就發問，媽媽便耐心解釋。似乎已經好些日子，都不曾那樣了。

什麼時候開始改變的呢？

是自己進入青春期後，開始把焦點放在朋友身上嗎？或者，是自己寧願在房間上MSN、聽音樂，愈來愈少出來跟媽媽聊天？

帶著一點懷念的心情，小傑默默坐到了媽媽身邊，媽媽用手臂攬住他：「哇，你的手好冰喔。你會冷嗎？」

小傑笑了笑說：「還好。」

媽媽將她身上天空藍的大圍巾分給小傑一半。小傑望著螢幕上槍林彈雨的畫面，是一個報導伊拉克戰爭的新聞專題。鏡頭拍著等待重建的巴格達，士兵跪在十字架前哀悼同袍，懷抱著嬰兒的婦人無助奔跑，憤怒且哭泣的青年對著軍隊咆哮……最讓人怵目驚心的，是戰火下的孩子，小傑看著那些與他同齡，或者比他更小的孩子，在戰爭中家破人亡，他們無辜的臉龐襯著身後的烽火，感覺是那麼的突兀，令人不忍。

接著，他看見一張照片，一個住在巴比倫城附近村莊的少年，俊美的臉龐，卻在一次美軍直升機襲擊的過程中，被嚴重燒傷，雙眼幾乎失明。他用手將一張自己被毀容前的黑白照片，貼覆著左眼，右眼的顏色則是一種寶石藍，少年就這樣靜靜凝視著鏡頭，面無表情……

媽媽忍不住嘆了口氣說：「一旦發生戰爭，就免不了生靈塗炭，小孩子總是最大的受害者，他們還那麼小啊。」

「真的好慘，比大地震還可怕。」小傑說：「但是我剛剛好像沒有看到森林。什麼是森林圖探？」

媽媽決定起身洗葡萄，邊走邊說：「生靈塗炭是形容人民處於極端艱苦的困境，就像戰爭一開打，平靜的生活被毀了，不僅每天提心吊膽，連吃飯都有問題，所以，我們要感激像這樣的太平年代。知道嗎？其實地球上有很多小朋友，他們連溫飽都有問題，有的是因為戰爭，有的是因為貧窮。」

小傑靜靜聽著媽媽說話，就像過去許多個他與媽媽兩個人共度的夜晚。未來如果加入一個新的角色，是更好，或更壞，他其實無法想像。

會不會，他只是害怕改變？在這個生活了十多年的空間，他已經如此熟悉的一切，突然多出一個「父親」，不正像媽媽所說的：「戰爭一開打，平靜的生活被毀了」？

媽媽將洗好的葡萄端來，放在小茶几上面，葡萄漾著漂亮的深紫色。小傑伸手拿了一顆葡萄，慢慢將皮剝開，試著想像沙發上坐著三個人的感覺。

「好吃嗎？」媽媽問：「是同事家鄉種的，據說是比賽冠軍喔。」

「還……」小傑本來想說「還好」，但是葡萄在嘴裡咀嚼出一點點酸，跟大量的甜，於是改口說：「還滿甜的。」

電視上繼續播報著巴格達前些日子所發生的不明爆炸事件，小傑不禁又想起那個被毀容的巴比倫男孩，不知道他現在過著怎樣的生活？把籽吐出來的時候，突然發現，此時此刻，自己能夠吃著媽媽為他準備的葡萄，是多麼幸福的事。

# 生靈塗炭

**【成語小宇宙】**《晉書・卷一一五・苻丕載記》

永又檄州郡曰：「昔夏有窮夷之難，少康起焉；王莽毒殺平帝，世祖重光漢道；百六之運，何代無之！天降喪亂，羌胡猾夏，先帝晏駕賊庭，京師鞠為戎穴，神州蕭條，生靈塗炭。天未亡秦，社稷有奉。主上聖德恢弘，道侔光武，所在宅心，天人歸屬，必當隆中興之功，復配天之美。……」

**【星子的密語】**形容人民處於極端艱苦的困境。

**【發光相似詞】**水深火熱、民不聊生、赤地千里、哀鴻遍野

**【黯淡唱反調】**四海昇平、安居樂業、國泰民安、豐衣足食

# 第四章

# 追尋記憶的起點

# 風行草偃

## 希望他的努力，你們都能看得見啦！

開學了。

大家似乎還沒從假期中恢復過來，心情有點浮躁，教室裡瀰漫著一絲微微的騷動氣息。第一堂課是吳鳳老師的課，她抽點了幾個同學，問大家寒假在做些什麼？接著就宣布，這個學期開始，學校會特別注重「環保」。不僅在水龍頭和洗手間裝上省水裝置，增植校園裡的綠樹，強調垃圾分類，也鼓勵同學少喝瓶裝水、少用衛生筷，「校長還說他接下來都不開車，改騎自行車，希望能有風行草偃的效果。」

「自行車我們每天都騎啊，校長很落伍耶，」阿軍說：「其實我們早就在過環保生活了啦。」

阿胖自從上次被老師誇獎過「很好！不懂就要多發問」，再次勇敢的舉起他「因為過年大吃大喝，而更加與麥兜有幾分神似」的小手：「老師，請問什麼是風行草偃？是形容人只要多運動，就會變瘦的意思嗎？」

吳鳳老師臉上掛著尷尬的微笑：「機嘎屋（日文中『錯』的意思）！」她轉身把「風行草偃」寫在黑板上，「這句話出自《論語》，代表在上位者以身作則，下面的人自然就會效法、學習。所以，校長是希望他的努力，你們都能看得見啦！」

老師才說完，國士就輕輕發出兩聲狗吠，因為整整一個寒假都沒聽到，居然有種久違了的親切感，大家都笑了起來。

國士有些不好意思的低下了頭。

「然後……」老師睜大了眼，「我有好消息要宣布喔！」

「老師終於要結婚了喔？」包子只是跟鄰座咬耳朵，但說得太大聲，大家都聽到了，笑聲爆得更開。

「謝謝你們這麼關心我的幸福，」老師說：「可惜時機未到。我是要宣布我們班的陳郁傑同學，獲得了ＣＡ大賽的特別獎！」

「哇！」阿軍高興的叫了出來，大家也都一副激動的樣子。小傑則因為太意外，不知道該怎麼反應。

「我們一起給他一個愛的鼓勵吧！」老師說：「恭喜小傑。」

小傑害羞的接受了大家的恭喜，眼眶感覺有點熱熱的。他看見了聖人、阿軍、柯於靈，還有好多同學，臉上帶著笑容望著他，誠心為他歡呼。

那一瞬間，好想要讓把鼻知道啊……

如果把鼻知道，他把那一夜自己躲在把鼻懷裡，忍受著地球的搖晃，忍受著對黑暗的恐懼，努力想要看到一點光亮，卻什麼也看不到的心情，畫成一幅〈星星壞掉了〉，還得了獎，會不會很高興呢？

還是，身為專業藝術家的把鼻，會笑他的作品太過稚嫩？

無論如何，那是一份小傑真摯想要送給把鼻的禮物。

當心裡這麼想著的時候，說也奇怪，忽然就好想、好想再回到那個地方看看。這麼多年來，那一片斷壁殘垣有人整理過嗎？記憶中的最後一眼，家裡到處是散落的石塊，天是黑的，地是黑的，星星也是黑的……

懷著這樣的想法，小傑沒有告訴任何人，只是努力融入同學之中。學習著老師教導的知識，默背著新學的英文單字，在周而復始的課堂上發呆，每週跟著何齊老師跑三千公尺……偶爾仍然跟「鐵三角」成員約在「老地方」，看阿軍如何為二號餐或七號餐心猿意馬；或者，也會在MSN上跟柯於靈閒聊……

但是，這種種都無法驅逐心裡那份莫名其妙的寂寥。

或許是因為，他始終介意著媽媽的沉默，感覺自己像是耽誤了她的未來，有種難以解釋的愧疚，就像一塊擱在心上的石頭。

日子就這樣又過了兩個月。

一個天氣回暖的星期日下午，媽媽約了王十勤到家裡來，表面上是請他幫忙維修幾個壞掉的燈泡，其實是想製造一點機會，讓他跟小傑相處。

結果，小傑在房間裡躲了一個下午，直到晚餐時分，才終於露了臉，用很低的聲音打了聲招呼。

「哈囉。」王十勤同樣還是語氣溫和，臉上掛著笑。

一行三人，前前後後，不快不慢，來到了牛肉麵館。

老闆娘看見小傑和媽媽，親切的問：「今天，還是一樣嗎？」才說完，馬上又改口：「咦，不對，今天不太一樣。」眼神落在王十勤身上，便遞上了一份菜單。

王十勤接過菜單，略為瀏覽之後說：「我點古早味牛肉麵，謝謝。」

小傑有點驚訝的抬眼看了看他，但沒說什麼。

老闆娘滿意的收起菜單，到後頭準備去了。

食物端上桌時，王十勤才發現：「唉呀，原來我跟小傑點一樣的東西。」

小傑「嗯」了一聲，拿起筷子挾麵，吃了兩口，終於像是鼓足勇氣似的，對媽媽說：「媽，我想要出去走一走。」

「現在？」媽媽露出不可置信的表情，擔心小傑又像上回那樣奪門而出，「不先把麵吃完嗎？」

「不是啦……」小傑不敢看著媽媽，只望著湯碗，邊捲著麵，「我是指，走一段比較遠的路。我想回小時候我們住的那裡看看。不知道現在變怎樣了。」

「走路回埔里？」媽媽聲音高了八度，「那多危險！等暑假時，我再陪你回

去，好不好？」

「我已經想好久了。」小傑放下筷子，不知道該如何解釋這些日子以來，盤旋在心上的那份寂寥，「我真的很需要離開一下。」

本來，他也想過就先拖著吧。但因為媽媽找來了王十勤，小傑才忽然發現，問題從來不會主動消失，往往只是被忽視、擱置。

「可是，你知道的，我現在沒辦法請假，等到放暑假的時候……」媽媽的身子傾向小傑，語氣有些無奈，感覺很脆弱。

「我其實不需要你陪，我只是必須回去看看！一個人，走回去，看看。」小傑也覺得自己講得好吃力，但他知道自己非做不可了。

「小傑。我……」媽媽握住他的手。

餐桌上陷入了一陣緊繃的膠著與不安，王十勤突然打破沉默：「小傑，我陪你一起走吧！」

小傑和媽媽都以不可思議的眼神望著他。

「我，不需要人陪。我已經長大了。」小傑再次強調，他不能想像這趟旅程

有這麼一個意外的旅伴。

「是啊，小傑已經長大了，不需要陪了。」王十勤望著媽媽，然後，又微笑的望向小傑，篤定的說：「那麼，讓我跟著你走吧。」

媽媽驚訝的說：「真的可以嗎？」

王十勤挑起一筷子麵條，笑著說了他最常說的那句：「沒問題。」

## 風行草偃

**【成語小宇宙】**《論語・顏淵》

君子之德，風，小人之德，草；草上之風，必偃。

**【星子的密語】** 比喻在上位者以德化民。

**【發光相似詞】** 風行草從、上行下效

**【黯淡唱反調】** 尸位素餐、伴食中書

# 引嬰投江

## 他爸爸要把他拿去丟掉。

媽媽拗不過小傑的強力請求，答應幫他請假。唯一的但書，就是必須答應讓王十勤跟隨他一起出發。小傑雖然心裡很彆扭，卻也沒有其他辦法，只好接受了。

大家知道小傑要「走路」的事，都有些驚訝，但是，都送上最大的祝福。阿軍感傷的說：「小傑，我超想跟你一起走的，這樣，我就不用上學了！可是我哀求我老媽一百次了，她還是不肯……」

小傑對他笑了笑，他知道阿軍是因為擔心他，才想跟他一起走的。

「小傑，先派你去勘察地形，如果你覺得這個行程值得推薦，我們暑假就可以不只是去動物園了！」聖人開玩笑的說。

「路上車很多，自己要小心點。」柯於靈細心叮嚀著。

每個人也都準備了小禮物，讓小傑帶著上路。

聖人準備的是迷你手電筒，可以繫在背包上，萬一半夜路暗可以派上用場。阿軍準備了一頂帥氣鴨舌帽，長途走路除了怕雨淋，還最怕日晒。柯於靈準備了一個護身符，是大甲鎮瀾宮的，有媽祖的神力保庇。媽媽則為小傑準備了一個純白色的計步器，可以計算他這一路上的行走距離；另外還送他一個iPod shuffle，因為，即使 iPod 已經夠輕巧，要帶上路仍然是太重了。

小傑為自己準備的還有：內衣褲、一本厚殼的圖畫紙筆記本、粉蠟筆數支（打算看到什麼有趣的東西可以畫下來）、跟媽媽借的數位相機、一瓶水、錢包。

王十勤則還帶了一些藥品、地圖。

出發之前，王十勤也先為此行規劃出路線。因為擔心小傑身體負荷不了太多行走，決定以「慢遊」的方式，邊看邊走，邊走邊看。行程寬鬆，沒有趕路的問題。他找了許多資料，除了沿途的旅遊景點，最重要的是「怎麼走」？

他發現一本備受好評的散文書——《跟我一起走》，作者用誠懇的文字，寫

出他步行臺灣各地的故事與心情；其中一段，正是他如何從臺北走回員林。王十勤簡直如獲至寶，不管是內容或實際的走路經驗，都是太好的參考書了！

終於，來到真正出發的這一天。一大早，兩人先搭捷運到臺北車站，把這裡當作起點。

剛開始，小傑不知道該跟王十勤聊什麼，便戴著耳機，聽著熟悉的音樂。王十勤不以為意，走在小傑左後方，幫他留意後方的來車，避免他離車道太近。一路上，只有車子呼嘯而過的聲音、旁側工事的噪音、偶爾路過的人的交談。就這樣，他們跨出了臺北市，感覺到空氣中有了些許的溫差。

出發前，他們都先吃過媽媽準備的早餐，肚子並不餓，為了避免半路找不到洗手間的窘境，也很節制的喝著水。

走啊走的，王十勤偷偷觀察著小傑，稚氣的身子已經抽高了，卻還是帶著一點小朋友的可愛感，眼神澄澈得像是要把誰看穿一樣。直而細的頭髮，怕整理不方便，沒有「抓得很帥」，只是戴上了阿軍送的帽子。表情有點倔強，但更多的是慧黠。不知怎麼的，偶爾離他稍遠，望著他的背影，會感覺到一股強烈的孤獨感像水氣一樣滲了出來，看久了，會心疼。

小傑其實也偷偷觀察著王十勤。原來他好高。黝黑的皮膚，俐落的短髮，看起來很結實，不像有些中年人那種漸漸鬆弛的皮膚。他愛笑，笑起來的時候，眼角出現幾條魚尾紋，卻有一種奇妙的、令人信賴的感覺。他似乎總是保持禮貌的距離，卻不令人感覺冷漠，那就是媽媽喜歡他的原因嗎？

如此奇妙的組合，一個男人，跟一個少年，既不是父子，連朋友也稱不上，卻展開了相同的旅程。只能說，阿軍愛背的那句臺詞真是太貼切了——「每天你都有機會跟別人擦身而過，你也許對他一無所知，不過也許有一天，他可能成為你的朋友或者知己……」

然而，老天爺並不怎麼賞臉。

過了新莊之後，竟開始飄起毛毛細雨。兩個人套上預備好的雨衣，打算挺步前進，但那雨絲漸漸成為雨點，最後，簡直像雨做的子彈，斗大的打在身上，若要冒然前行，只怕會相當狼狽。

王十勤更擔心小傑要是淋溼、著涼了，後面的行程被迫取消，更糟糕。因

此，他拉了拉小傑，「前面有間泡沫紅茶店，我們先進去躲一躲。」

「可是……」小傑露出了為難的表情，「我們不是預定今天要走到桃園嗎？」

王十勤還來不及解釋，先帶著小傑小跑步躲進了店鋪，脫下雨衣，拿出毛巾讓小傑拭乾頭髮，各點了杯飲料，才笑著對他說：「雖然我們有既定行程的安排，但如果不能因為天候而有點小小的變通，就等於是引嬰投江了。」

小傑喝了口熱呼呼的古早味紅茶，「飲英頭將？」完全無法理解這四個字放在一起所能產生的意義。

「從前有個人路過江邊，看見有人正打算把嬰兒丟入水中，嬰兒哭得好慘，便連忙阻止了他。問了原因才知道，原來嬰兒的父親很善於游泳，所以認為嬰兒一定也很會游，不怕水。」王十勤說：「之所以會有這樣的想法，就是因為遇到問題不懂得處理，沒辦法隨著事件或環境的不同，採用不同的應對之道。」

「原來是這樣……」小傑說：「我還以為那個嬰兒像電影《班傑明的奇幻旅程》裡的班傑明一樣，一生下來就很老，所以他爸爸要把他拿去丟掉。」

王十勤笑著說：「說不定你說的才是真的喔，不然誰那麼傻，真以為把嬰兒

丟到水裡，就能靠游泳活下來，太沒道理了！」

飲料喝盡，休息了一會，雨也停了。王十勤細心的把兩件雨衣摺好，對小傑說：「我們出發吧！」

## 引嬰投江

**【成語小宇宙】**《呂氏春秋》

有過於江上者，見人方引嬰兒而欲投之江中，嬰兒啼。人問其故，曰：「此其父善游。」其父雖善游，其子豈遽善游哉？此任物亦必悖矣。

**【星子的密語】** 諷刺那些不能因時而變的迂腐之徒。

**【發光相似詞】** 食古不化、刻舟求劍、膠柱鼓瑟

**【黯淡唱反調】** 日新又新、推陳出新

## 淪肌浹髓

### 天氣像一支長長的夾子……

所幸，第一天還算順利的走到了桃園，找了間看來乾淨的旅館，過了一夜。因為身體的勞動，很快就跌入睡眠。隔天一早醒來，路過速食店，小傑吃了愛吃的蛋堡，王十勤喝了必喝的咖啡，兩人精神抖擻繼續上路。

雖然出發前號稱「我，不需要人陪。我已經長大了」，真的有個人跟在身邊作伴，感覺其實沒有原先想的那麼差。但是，這樣的心情，小傑是不肯輕易承認的。他仍然戴著耳機，前一夜充飽電力的 iPod shuffle，正大聲播放著心愛的歌。沿途偶爾經過一些檳榔攤，裡面有女生穿著清涼服裝，小傑尷尬的別過頭去，卻又不禁想起，柯於靈現在應該正在上課吧？

在上哪一堂課呢？國文？英語？體育？

這一刻，他才忽然感覺到自己真正從一種慣性中抽離開來了。離開了學生的身分，離開了媽媽的照顧，成為一個「在路上」的人。那滋味，真的有些特別。

王十勤似乎總維持著相當適當的距離。小傑走得快些，他就跟著快些；小傑腳力乏了，他就自動調慢了步伐。偶爾看見便利商店，兩個人也還算有默契的，為走路設下適當的休息空檔。

雖然，仍然交談得不多，但王十勤看來相當自在。當小傑停下來，說要幫路邊一架用廢鐵組成的變形金剛畫素描時，王十勤就自己去附近兜兜晃晃，等小傑畫完了，他也剛好出現，掛著微笑，繼續向前走。

終於，在夜幕降臨時，抵達了預定停留的湖口鄉。

兩人逛過老街，決定吃道地的客家菜：薑絲大腸、香煎臺灣鯛、茶油炒飯、炒劍筍、老菜脯雞湯……小傑胃口很好，吃個精光。

晚間，借宿老街附近一間老旅館。由於出發前避免背包過重，換洗衣服並未帶得太多，必須沿途自己洗衣服。兩個人洗過澡，擠在小小的浴室裡，把帶來的洗衣粉裝進空寶特瓶，用水沖開，小傑倒了些在襪子上，想隨便搓搓了事。

王十勤看了，忍不住將他的襪子拿過來，示範著：「像襪子的底部，你得用手稍微搓一下，才會乾淨。」

小傑有點害羞的說：「好，我自己來。」又把襪子給拿了回來，使勁的搓了起來。費了一番工夫，總算順利完成。王十勤幫忙把水擰乾之後，為了能乾得更快，還用大浴巾將衣服包裹起來，請小傑拿著一端，他自己執起另一端，朝反方向用力擰。最後，將洗好的衣服一一用旅館裡的衣架晾起來，讓冷氣空調將它們風乾。

終於完成生平第一次洗衣，小傑滿足的坐在床沿上，邊喝著可樂，邊打量著旅館的內部擺設，忍不住說：「這間旅館應該比我的年紀還大……」

「這不稀奇，」王十勤接著說：「它極可能比我的年紀還要大！」

小傑忍不住噗嗤一笑，「真想不到，旅館居然是你的前輩……」

隔天早上，吃了包子跟豆漿，準備上路前，小傑有點遲疑——是否，禮貌上應該跟王十勤聊聊天呢？他每天跟著自己這樣走，會不會無聊？

但想了好一會兒，終於還是戴上了耳機。

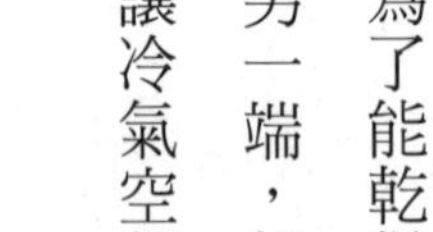

這一天，預計要從湖口走到頭份。

只是，少了剛上路時的新鮮感，每天行走好幾萬步所帶來的疲憊，也漸漸發酵。雖然精神還不錯，但背包其實好重，腳掌也磨破皮。走著走著，倦怠的心情開始騷動，小傑愈走愈慢了。

「要休息一下嗎？」王十勤問：「還是我幫你拿背包？」

小傑搖了搖頭。

沒想到，看似永遠沒有盡頭的這一條路，漸漸與西濱公路貼近，只相隔約莫五十公尺，前方出現了海。

「是海！」小傑興奮的摘下了左邊耳機，往前跑去，一鼓作氣奔上了海堤。放眼望去，一大片海埔溼地的盡頭就是海。海堤雖然與海隔著一段不小的距離，但天氣很好，漂亮的雲朵停泊在天空上，大海看起來也湛藍無比。

一陣海風襲來。王十勤問：「今天氣溫比較低，風吹起來涼意淪肌浹髓，你要加件外套嗎？」

「沒關係，我還ＯＫ。」小傑反問：「涼意輪機夾誰，是指天氣像一支長長的夾子，輪流、機動的把人夾起來嗎？」

「意思是指涼意滲透到肌膚和骨髓。」王十勤說：「後來的人，也用這句話來形容對某件事感受深刻，或是接受了別人深厚的恩惠。」

小傑摘下另一邊耳機，邊聽著王十勤解釋，邊努力呼吸空氣中潮潮的海洋氣味。

王十勤也卸下了背包，瞇起眼睛，望著晴朗的遠方。

一隻鷗鳥悄悄振起翅膀，飛越了他們並肩眺望的身影，飛越了溼地，飛向了最藍的海。

# 淪肌浹髓

**【成語小宇宙】**

《淮南子・原道》

不浸於肌膚，不浹於骨髓。

《朱子全書・卷十四・論語五・子曰回也章》

今須且將此一段反復思量，渙然冰釋，怡然理順，使自會淪肌浹髓。

**【星子的密語】**

原意為滲透到肌膚、骨髓。後比喻感受深刻或受到深厚的恩惠。

**【發光相似詞】**

浹髓淪膚、銘心刻骨

**【黯淡唱反調】**

無動於衷

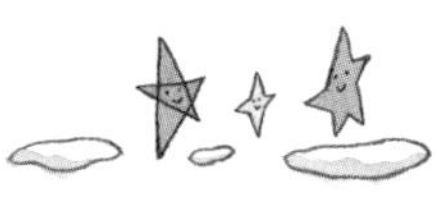

# 腹笥甚儉

## 肚子裡沒東西，不就是很餓嗎……

感謝那片海。

原本禁錮在盆地裡的身體，好像被釋放了。

小傑將 iPod shuffle 暫停，不再總是戴著耳機。偶爾看到特別的風景，比方造型奇特的房子，或是沒見過的樹，便轉過頭跟王十勤分享一下。甚至，也聊一些同學間發生的趣事。像是聖人的格言強迫症、阿軍的電影中毒、重度哈日的吳鳳老師、還有「無雙」的國士……

王十勤津津有味的聽著。

路永遠往前延伸，這是小傑感受最深的事。他們走著走著，經過鄉村，經過城市，經過稻田，經過商店，經過白天，經過黑夜……原來，這個世界，是

只要你願意跨出步伐，就有路等著。密密麻麻、通向無數目的地的路，如同這座島嶼的血管。

接下來的幾天，又從頭份走到了後龍。然後是大甲。然後是豐原。

原本小傑有些害羞的稱呼王十勤為「王叔叔」，王十勤卻覺得不用這麼拘謹：「就叫我十勤啊，像朋友一樣。」

小傑想想，叫他「十勤」也好。相對於「把鼻」，「十勤」的身分很複雜，不如就去掉所有身分，事情可能會變得簡單一些？

況且，這些天的相處，王十勤也真的毫無「長輩」的姿態。真要形容，應該比較像是一個體貼的大哥哥吧！

一路上，他們都沿著一號省道走，原本過了大甲應該往清水前進。王十勤特別拐了個彎，帶小傑來到豐原。這一天，出發得較早，所以抵達豐原時天色仍亮，小傑忍不住問：「還是，我們再往下走一段呢？」

好像走上癮了一樣。

「要不要去谷關溫泉看看？」王十勤提議：「我們從這裡搭車去，回程再搭

車到臺中，然後繼續往南走。」

別說是「谷關溫泉」了，就連離臺北較近的「馬槽溫泉」，小傑都很陌生。幾次跟媽媽出國，也多半是大城市，像東京、香港，都沒有泡溫泉的機會。

帶著一點點好奇，小傑點了點頭。搭上客運，經由山路來到谷關。因為非週末，順利的要到了一間空房，晚餐後便在附近散散步，空氣很清新。接下來，當然要試試溫泉啦。飯店裡有裝潢得頗為典雅的露天風呂，小傑有點緊張的跟著王十勤行動，把衣服脫掉之後，置入附有鑰匙的小櫃——老實說，要裸裎相對實在很害羞，記憶中，他也沒有跟把鼻一起洗過澡。

小傑拎著毛巾，尾隨在王十勤身後，走進了煙霧瀰漫的大眾池。簡單梳洗之後，王十勤挑了一個少人的角落，先略試了水溫，然後就放心的將整個身體慢慢浸入水裡。小傑也依樣學樣，想趕快將整個人浸入水裡，避免赤裸裎的尷尬。沒想到，腳才伸入水中，馬上驚呼：「好燙！」又整隻腳縮了回來，猶豫的蹲在池邊。

王十勤哈哈大笑：「慢慢來，再過一會兒就能適應了。」

其實王十勤所挑的角落，離泉源出口較遠，溫度已稍稍冷些。果然，花了一點時間，慢慢習慣水溫之後，小傑也能下水了。

把整個身體浸入水裡，好像被誰暖暖的擁住一樣，血液循環變得很快，這些天走路的疲勞似乎逐漸釋放出來。

熱氣氤氳中，王十勤問：「還可以嗎？」

小傑點了點頭：「很舒服。」

「小時候，我爸偶爾也會帶我來。」王十勤說：「那時我就想，這麼熱，我才不要泡。沒想到後來一泡就上癮了。」

「你從臺北來這裡泡溫泉？」小傑問。

「不，我是臺中人。高中畢業後才搬到臺北去的。」話匣子打開了，他又接著說：「之後就在臺北住下來了。念完大學，去當兵，退伍後開始工作。」

「所以，你從那時就開始開計程車嗎？」因為太熱，小傑已經滿頭大汗，起身在池畔稍坐一下。

「我一開始是在出版社當編輯，」王十勤也跟著起身，溫泉因此波動著，「後

來我媽媽生了重病，需要更多的薪水付醫藥費，也需要更有彈性的工作時間，好照顧她，所以我才改行開計程車。」

小傑的腳仍浸在溫泉裡，神情認真的聽著。

「其實我一直對寫作很感興趣。」王十勤繼續說：「本來覺得自己腹笥甚儉，見聞又不廣。開計程車後卻聽了好多故事……我媽後來過世了，隔一年，我爸也跟著過世。我就還是繼續開計程車，希望有一天，能把那些聽來的精采故事消化，變成我的故事，寫出來。」

「負四慎剪是很窮的意思嗎？」小傑問。

「笥是一種方形的竹箱，儉是欠缺的意思，腹笥甚儉，翻成白話，就是『肚子裡沒什麼東西』，代表書讀得太少。」王十勤笑說：「雖然如此，我還是很喜歡買書、讀書喔。」

「你要是吳鳳老師的學生就好了，她一定會很高興。」小傑說。

「為什麼？」王十勤不解的問。

「因為她很喜歡鼓勵我們多讀文學書。」小傑笑著說：「她最愛說，『文學最

大的用處就是沒有用處』。」

「但是，我當學生時很混，喜歡翹課。」王十勤說：「所以她可能會很頭痛。」

「十勤，」小傑想了一下，說：「腹笥甚儉也可以用來形容肚子餓嗎？肚子裡沒東西，不就是很餓嗎……」

「好像沒有人這樣用。」王十勤望了一下滿頭大汗的小傑，「不過，你是不是肚子餓啦？」

小傑有點尷尬的點了點頭。

「沒問題！我們收拾一下，回房間吧。」王十勤拉著他起身，「泡溫泉本來就容易肚子餓，先喝點水，剛剛你在外面畫素描的時候，我已經去附近的商店買好泡麵啦。」

「你太厲害了。」小傑驚訝的望著他。

「因為，」王十勤邊用毛巾擦乾頭髮，邊笑說：「每次泡完溫泉，我的肚子也都好餓啊。」

# 腹笥甚儉

【成語小宇宙】宋・陳造〈次韻張丞詩二首之一〉

夫君腹笥盡奇謀，每叩談鋒聽不休。

宋・楊億〈受詔修書述懷感事詩三十韻〉

講學情田堉，談經腹笥空。

【星子的密語】意指讀書太少。

【發光相似詞】胸無點墨、不識之無、目不識丁

【黯淡唱反調】腹笥便便、博學多才、滿腹經綸、滿腹珠璣、學富五車

# 按圖索驥

## 舊的方式並不適用於現在……

隔日一早，王十勤和小傑又意猶未盡的泡了一次溫泉。天色漸亮，飄著山嵐，露天風呂的人也沒那麼多。尤其，谷關溫泉屬弱鹼性碳酸泉，沒有嚇人的硫磺味，感覺很好。吃過飯店早餐，兩人搭車前往臺中。

「一大早泡了溫泉，好像精神特別好耶。」小傑望著窗外的山谷，綠意蓊鬱，因為陽光被雲朵遮住的緣故，山巒上形成了一些陰影。

「要是每天起床都有溫泉可以泡，大家或許就不會賴床了。」王十勤邊說邊從背包中找出一張手繪地圖，「待會到了臺中，我一定要按圖索驥，帶你吃遍我小時候最愛的小吃！」

「暗圖所記？」小傑研究起那張斑駁的手繪地圖，「意思是，你這張地圖上做了很多標記的暗號？」

「不是這樣的。西漢有個人名叫梅福，他看見皇上做事專斷，甚至沿用過往擇才的方式，不肯改變。於是，他就寫了封信，直言勸諫這種做法就好像拿著周朝人所畫的馬，到現在市場裡去尋找千里馬一樣，當然會找不到。」王十勤解釋：「因為，時間、空間都已經改變了，舊的方式並不適用於現在。」

「那我們按圖索驥，會不會也……」小傑話說了一半。

「你很聰明。」王十勤說：「本來這句話就用來比喻做事拘泥成規，呆板不知變通。不過，它也可以形容按照所掌握的線索來辦事。」

「也就是，我們要照著這張地圖，一家一家去吃的意思嗎？」

「沒錯！」王十勤露出「孺子可教也」的滿意笑容。

所幸，賣蜜豆冰、肉包、意麵、魯肉飯、麻葉羹、豆花的店……都仍「健在」，小傑每樣都讚不絕口，把肚子吃得鼓鼓的，兩人才繼續上路。

途中，還經過了王十勤的母校。

「等我，我想畫一下。」小傑望著校門口有一棵好漂亮的雨豆樹，正值開花

期。據說以前王十勤在此就讀時，它就這麼高了。經過這麼多年，這棵樹既沒有變高，也沒有變矮。小傑專心畫著素描時，王十勤偷偷在旁邊拍下照片。

多年以後，這會是值得記憶的一刻吧？

從臺中走到草屯，住了一夜，然後，就一步一步往埔里邁進了。

上路以來，每晚睡前，王十勤都會撥電話跟媽媽報個平安，也讓小傑跟媽媽說說話，複述一下當天的行程。而媽媽總會仔細弄清楚他們的所在位置，因為，她還得跟阿嬤回報呢！

「阿嬤說，我怎麼會連頭份跟後龍屬於同縣市都搞不清楚……」媽媽笑著說：「所以我學聰明了，我買了份地圖，把你們走過的地方，用紅筆畫起來。」

也因此，經由這樣的層層回報，阿嬤當然比衛星導航系統更清楚，小傑大概幾時會到達埔里啦。果然，當王十勤隨著小傑的指引，走進熟悉的巷弄，阿嬤已經等在門口了。

「阿嬤！」小傑三步併作兩步，飛奔過去。

「小傑，你曝甲烏墨墨（晒得好黑），我攏認袂出你嘍。」阿嬤說，轉頭看

見王十勤比小傑還黑，「喔，你曝甲比小傑閣較烏（晒得比小傑還黑）！」

王十勤脫下帽子，笑著問候：「阿嬤，你好。」還遞上了在臺中買的伴手禮。

「唉呀，擱真厚禮。」阿嬤趕緊把兩人帶進屋子裡，對王十勤說：「這擺，真正有夠多謝你。我聽伊媽媽講伊想欲走路轉來埔里，我足緊張，想講一個囡仔哪有可能行遐爾（這麼）遠的路。好佳哉（還好）有你，哪無，實在不知欲按怎（怎麼辦）！」

「阿嬤你放心啦，小傑伊真乖。」王十勤說。

「你攏不知影，日時哪傷緊張（太緊張），暗時就會睏無眠（失眠）。」阿嬤扶了扶老花眼鏡，想起了什麼似的：「唉唷，我真失禮，灶腳有準備水果、茶水欲呼恁呷，攏袂記得。」

說著，就請王十勤先在客廳休息片刻。其他的人，要麼上班，要麼上學，只剩她在家。阿嬤要小傑到廚房幫她端水果。

「你先捧這杯茶去乎王先生飲。」阿嬤說著，然後就開始俐落的切起奇異果。

小傑端了茶，又跑回廚房，看見阿嬤的手上雖然布滿粗繭，卻可以準確的

幫奇異果削好皮，甚至不用砧板，直接切分成小塊，忍不住讚嘆：「阿嬤，你真正有夠厲害！我攏袂曉切水果。」

「小傑，阿嬤已經遐爾老啊，你一直甲我呵咾（誇獎），我嘛是會歹勢。」

「真的啦。」小傑望著阿嬤熟練的刀工，切完奇異果，又開始切梨子。

「小傑啊，我有話欲甲你講。」阿嬤裝作不經意的，邊切水果邊說：「我聽你媽媽講，這位王先生，有打算欲甲伊結婚。但是，聽講你不歡喜。」

小傑垂下了眼睛，沒說話。

「彼陣（那時）你抑擱真小漢（還很小），不知影厝內的狀況，」阿嬤的聲音聽起來很溫和，「其實當初你爸爸欲甲你媽媽結婚，女方的家長真無諒解，怹嫌你爸爸畫圖賺沒錢，不放心將你媽媽嫁乎伊。」

「我沒聽媽媽講過。」小傑說。

「可是你媽媽真堅持，伊講伊有在教書，會曉賺錢，伊會當（可以）照顧全家伙。」阿嬤接著說：「好佳哉有你媽媽，你爸爸才會當放心畫圖，慢慢畫出淡薄仔（一點點）名聲。誰攏想袂到，竟然就遇到大地動（地震），你爸爸遐爾仔少歲就來過身（這麼年輕就過世了）……你媽媽一個人把你飼大漢，真正足辛苦，今馬既然伊有幸福的機會，阿嬤欲來拜託你，你一定要支持伊，哪無（要不然），阿嬤實在足對不起伊……」

說著，阿嬤漸漸哽咽了。

望著阿嬤，小傑彷彿下定了決心似的：「阿嬤，我知影（知道）。我已經長大了，我不會再讓你們煩惱。」

## 按圖索驥

【成語小宇宙】東漢．班固《漢書．卷六十七．楊胡米梅云傳．梅福》

至秦則不然，張誹謗之罔，以為漢驅除，倒持泰阿，授楚其柄。故誠能勿失其柄，天下雖有不順，莫敢觸其鋒，此孝武皇帝所以辟地建功為漢世宗也。今不循伯者之道，乃欲以三代選舉之法取當時之士，猶察伯樂之圖，求騏驥於

市，而不可得，亦已明矣。故高祖棄陳平之過而獲其謀，晉文召天王，齊桓用其讎，（亡）〔有〕益於時，不顧逆順，此所謂伯道者也。

**【星子的密語】** 比喻做事拘泥成規，呆板不知變通。後亦比喻按照所掌握的線索辦事。

**【發光相似詞】** 按跡循蹤、順藤摸瓜

**【黯淡唱反調】** 大海撈針、無跡可尋

# 恆河沙數

## 一顆眼淚像流星般滑過左頰……

小傑幫忙把水果從廚房裡端出來，臉上的神情一時還來不及調整，王十勤覺得有些怪怪的，但也不方便多問。

吃完水果，阿嬤拿出事先準備好的一張地圖，是之之、軒海依照大伯的口述精心完成的。上頭的商店、圖書館、酒廠、飯店、餐廳、廟宇，全都有著小巧可愛的造型。路旁偶爾還點綴著一、兩棵樹，河流、青山也都塗上了漂亮顏色，地圖上的箭頭清楚標示出如何從阿嬤家，走到小傑小時候居住的地方。

於是，王十勤和小傑帶著一點緊張，也帶著一點興奮，出發了。

「不知道會變成怎麼樣？」小傑已經抹去剛剛臉上的飄忽神色，又回到了他澄淨的眼神。好像很篤定的，要去見一個老朋友般，前進著。

「你想像過它的樣子嗎？」王十勤問。他原本想問「剛剛阿嬤跟你說了什麼嗎？」卻終究還是決定保持沉默。

「我只記得，那時候到處是散落的石塊，整個房子搖個不停。」小傑說：「所以，它現在應該是一片破爛吧。畢竟，我們再也沒有回來過。屋子毀了，聽說附近的鄰居也都搬走了。」

對一個只有四歲的孩子來說，那似乎是一段太傷痛的記憶了。王十勤忍不住伸手搭著小傑的肩膀，給了他象徵性的鼓勵。

「好像再兩個轉彎就到了！」小傑比對著手上的地圖與眼前的路標，邊說著，腳步突然放慢，忍不住深呼吸一口氣，再一步一步沿著指示，往前走去。

「我對這一片紅磚牆有印象。」小傑說：「我記得有一次在這裡看到一隻蝴蝶，很高興，不肯走。我以為蝴蝶是從磚牆裡孵出來的，後來媽媽很氣，叫把鼻硬是把我拖回家……如果沒有記錯，我們就住在磚牆的右後方。」

磚牆其實只剩半堵，但視線被一片新蓋的水泥牆遮住，在牆的後方，那屬於小傑的記憶的起點，現在變成怎麼樣了呢？

小傑輕輕小跑步起來，彎向右側的小路，出現在眼前的竟然是——

一片寬闊的草地。

夕陽的光線柔和的映照著，透著一點金黃色，草地一直連接到後頭的山脈。放眼望去，沒有破損的房子，也沒有被修復的痕跡，這塊土地，重新獲得了自己的生命。

小傑往前走了幾步，不太放心的又回頭看看，「應該就是這裡吧。」

「這裡？」王十勤不太懂他的意思。

「地圖上說，從紅磚牆進來之後，大約十步的距離。」小傑把地圖遞給了王十勤，眼睛裡似乎汪著一點淚光。「我從來沒有想過，原來這裡成了一片草地。」

夕陽照著他們，在草地上拉出了傾斜的影子。

「十勤，可以幫我嗎？」小傑從背包中取出一幅畫紙，因為沒放進畫筒，稍微有些摺到了，但是小傑並不在意。「我想把這幅畫，埋在這裡。」

王十勤攤平了畫作，一瞬間彷彿錯覺那些深深淺淺的黑色線條、躺著的人所仰望的黑色天空和黑色雲朵就要從紙上傾洩出來……

兩個人到附近找了一些扁長尖細的石塊，笨拙的挖著土。

可能是工具不佳，挖了好久，直到夕陽偷偷墜落，天空掛上夜幕，黑色像顏料潑在兩人身上，才終於挖出一個淺洞。

小傑細心的將畫埋好，再將土一坏一坏的覆蓋上去，雙手都因此沾滿了泥沙，「這幅畫，是送給把鼻的。」他輕輕的說。

「把鼻一定會很開心。」要不是因為手太髒，王十勤很想摸摸小傑的頭，給他一個最飽滿的微笑。

小傑將背包卸下，整個人側躺在新覆好的泥土堆上，試著揣摩當初他所看到的畫面，沒想到，當視線與天空正面相對，映入眼中的，竟是無數發光的星星！

「好多好多星星……」小傑驚呼。

王十勤也躺了下來，望著天空：「真的！就像恆河沙數那麼多。佛經裡形容數量很多、很多，就說像是印度恆河裡的沙多到不可計數。」

小傑望著星空，確實像是一條掛在天上的河。

一切是這麼不可思議。

「知道嗎？這些年，你媽媽其實很自責。她總是忍不住想，如果那一天，她沒有回娘家，是待在家裡，是不是就可以幫上一些忙？不會讓把鼻獨自照顧你，甚至還在地震中喪失了生命。」王十勤說：「但是，這些心情，她根本不敢對你說。」

「為什麼？」小傑問。

「她說，地震之後，好長一段時間，你都不哭不鬧，只是靜靜坐著，在畫紙上畫著黑漆漆的圖。直到有人大聲喚你，你才好像從睡夢中醒過來一樣，問著，『把鼻呢？』媽媽聽著，心裡面總是好難過……」

這麼一說，小傑才忽然發現，自己真的不太記得地震後所發生的事了。記憶總是只停留在那一片陰影般覆蓋著的印象。他還記得，一陣巨響傳來，緊接著是劇烈而可怕的搖晃，把鼻緊緊抱著他，整個屋子就像遊樂場裡最恐怖的遊樂器材，不斷上下搖晃。

後來，是誰救出了他，他一點印象也沒有了。

眼睛裡的最後一個畫面：天是黑的，地是黑的，星星也是黑的，就像壞掉了一樣。

「我想，我那時候不明白的是，為什麼一場大地震，把鼻就從世界上消失了？」小傑輕輕的說：「為什麼，把鼻沒有帶我一起走？」

王十勤望著小傑——這十年來，他一直把這樣的傷痛藏在心裡嗎？忍不住有些鼻酸的說：「我想，那一定是因為，把鼻希望你好好長大，替他經歷他不曾經歷過的人生。」

小傑在黑暗中點了點頭。一顆眼淚像流星般滑過左頰。

春天的風一吹動，草地上就有了淺淺的波浪。

他們一起躺著，看天上恆河沙數的星星。

小傑心想：原來，那時候，星星並沒有壞掉，只是躲起來了。

# 恆河沙數

【成語小宇宙】

《金剛般若波羅蜜經．無為福勝分第十一》

以七寶滿爾所恆河沙數三千大千世界以用布施，得福多不？

【星子的密語】

就像印度恆河的沙多到不可計數。形容數量極多。

【發光相似詞】

不可勝數、多如牛毛

【黯淡唱反調】

鳳毛麟角、寥若晨星

# 附錄

# 成語錄

## 【人生的轉捩點】

**不脛而走**：比喻事物不用推廣，也能迅速傳播。

**飲鴆止渴**：比喻只求解決眼前困難，而不顧將來更大的禍患。

**心猿意馬**：心思如猿猴不定的跳躍、快馬四處的奔馳而難以控制。比喻心思不專注集中。後亦用於比喻心意反覆不定。

**口蜜腹劍**：形容一個人嘴巴說得好聽，而內心險惡、處處想陷害人。

**擲地有聲**：比喻文章文辭優美，語言鏗鏘有力。

**夜郎自大**：形容那些過度誇大自己的人。

## 【心中的那片草原】

**心有鴻鵠**：形容工作或學習不專心。

**國士無雙**：一個人的才智極為高超，而且在這一國之內無人能出其右。

**眾口鑠金**：比喻眾口同聲，往往積非成是。

**生我劬勞**：意指父母生養兒女極為勞苦。

**插科打諢**：本指戲劇表演時，以滑稽的動作或言語引人發笑。亦泛指引人發笑的舉動或言談。

**三紙無驢**：買賣驢子的合約寫了三張紙，還沒有見到一個「驢」字。諷刺寫文章廢話連篇，不著邊際，不得要領。

**奇貨可居**：比喻利用某種專長或有價值的東西來謀利。

**色厲內荏**：形容外表嚴厲而內心怯懦。

**削足適履**：鞋小腳大，故將腳削小以適合鞋的尺寸。比喻拘泥成例，勉強遷就，而不知變通。

## 【星星之屋的回憶】

**沆瀣一氣：**褒義比喻彼此志同道合，意氣相投。貶義比喻彼此臭味相投。

**與虎謀皮：**比喻所謀者與對方有利害衝突，事情必辦不成。

**秉燭夜遊：**感嘆時光易逝，須在夜裡持燭及時行樂。

**色衰愛弛：**指靠美貌得寵的人，一旦姿色衰老，就會遭到遺棄。

**玩歲愒日：**意指貪圖安逸，虛度光陰。

**野人獻曝：**比喻平凡人所貢獻的平凡事物。

**鶉衣百結：**形容衣服破爛不堪。

**巴蛇吞象：**四川巨蟒想吞食大象。比喻過分貪心。又作「人心不足蛇吞象」。

**生靈塗炭：**形容人民處於極端艱苦的困境。

## 【追尋記憶的起點】

**風行草偃**：比喻在上位者以德化民。

**引嬰投江**：諷刺那些不能因時而變的迂腐之徒。

**淪肌浹髓**：原意為滲透到肌膚、骨髓。後比喻感受深刻或受到深厚的恩惠。

**腹笥甚儉**：意指讀書太少。

**按圖索驥**：做事拘泥成規，呆板不知變通。後亦比喻按照所掌握的線索辦事。

**恆河沙數**：就像印度恆河的沙多到不可計數。形容數量極多。

**張曼娟學堂系列** 012

張曼娟成語學堂 II
# 星星壞掉了

策　　劃｜張曼娟
作　　者｜孫梓評
策劃協力｜吳信樺
繪　　者｜劉旭恭

責任編輯｜李幼婷
特約編輯｜蔡珮瑤
視覺設計｜霧室
行銷企劃｜吳邦珣

發行人｜殷允芃
創辦人兼執行長｜何琦瑜
總經理｜王玉鳳
總監｜張文婷
副總監｜林欣靜
版權專員｜何晨瑋

出版者｜親子天下股份有限公司
地址｜臺北市 104 建國北路一段 96 號 11 樓
電話｜（02）2509-2800　傳真｜（02）2509-2462
網址｜ www.parenting.com.tw
讀者服務專線｜（02）2662-0332　週一～週五：09:00~17:30
讀者服務傳真｜（02）2662-6048
客服信箱｜ bill@service.cw.com.tw
法律顧問｜瀛睿兩岸暨創新顧問公司
總經銷｜大和圖書有限公司 電話：（02）8990-2588

出版日期｜ 2017 年 7 月第一版第一次印行
　　　　　 2019 年 7 月第一版第五次印行
定　　價｜ 320 元
書　　號｜ BKKNA012P
I S B N｜ 978-986-94737-5-0（平裝）

訂購服務
親子天下 Shopping ｜ shopping.parenting.com.tw
海外 ・ 大量訂購｜ parenting@service.cw.com.tw
書香花園｜臺北市建國北路二段 6 巷 11 號　電話（02）2506-1635
劃撥帳號｜ 50331356 親子天下股份有限公司

立即購買 >

國家圖書館出版品預行編目 (CIP) 資料

星星壞掉了 / 孫梓評撰寫 ; 劉旭恭繪圖. --
第一版. -- 臺北市 : 親子天下, 2017.07
208面 ; 17×22公分. -- (張曼娟成語學堂 II ; 4)
(張曼娟學堂系列 ; 12)
ISBN 978-986-94737-5-0(平裝)
859.6　　106007540